AF606140
NOVELA

LA PESTE ESCARLATA

Jack London

- COLECCIÓN MILANO -

NOVELA

Aliarediciones

COLECCIÓN MILANO - NOVELA

Diseño de cubierta: Aliar Ediciones
Maquetación: Aliar Ediciones

Depósito Legal: GR 589-2024
ISBN: 978-84-10155-97-8

Impreso en España

Edita ALIAR Ediciones
www.aliarediciones.es
info@aliarediciones.es

LA PESTE ESCARLATA

Jack London

- COLECCIÓN MILANO -

NOVELA

«Si en un solo territorio desaparecieron cuatro millones de seres humanos, si los lobos feroces vagan por aquí, y vosotros, progenie bárbara de tanto genio extinguido, os veis obligados a defenderos, con armas prehistóricas, de los colmillos de los cuadrúpedos invasores, todo ello se debe a la muerte escarlata».

Jack London

El camino, de borroso trazado, seguía lo que en otro tiempo había sido el terraplén de una vía férrea que, desde hacía muchos años, ningún tren había recorrido. A derecha e izquierda, el bosque, que invadía e hinchaba las laderas del terraplén, envolvía el camino en una ola verde de árboles y matorrales. El camino no era otra cosa que un simple sendero, con anchura apenas suficiente para que dos hombres avancen de lado. Era algo así como una pista de bestias salvajes.

Aquí y allá se veían fragmentos de hierro oxidado que indicaban que, debajo de la maleza, seguía habiendo rieles y traviesas. En cierto punto, un árbol, al crecer, había levantado en el aire un riel entero, que quedaba al descubierto. Una pesada traviesa había seguido al riel, y seguía unida a él por una tuerca. Debajo se veían las piedras de basalto, medio recubiertas por hojas muertas. El riel y la traviesa, enlazadas de aquel modo extraño, apuntaban hacia el cielo, fantasmagóricamente. Por vieja que fuera la vía férrea, se constataba sin dificultad, por su estrechez, que había sido de vía única.

Un anciano y un muchacho iban por el camino. Avanzaban con lentitud, ya el viejo estaba doblado por el peso de los años. Un comienzo de parálisis hacía que sus miembros y sus ademanes temblequearan, y caminaba apoyado en un bastón.

Un gorro de piel de cabra le protegía la cabeza del sol. Por debajo de ese gorro pendía una franja de ralos cabellos blancos, sucios y desgreñados. Una especie de visera, ingeniosamente hecha con una ancha hoja curva, le protegía los ojos del exceso de luz. Bajo esa visera, la mirada del pobre hombre, bajada hacia el suelo, seguía atentamente el movimiento de sus propios pies en el sendero.

Su barba caía en greñas torrenciales, y hubiera debido ser, igual que los cabellos, blanca como la nieve; pero, como ellos, testimoniaba una negligencia y una miseria extremas.

Un mísero vestido de piel de cabra, de una sola pieza, colgaba desde el pecho y la espalda del viejo, cuyos brazos y piernas, lastimosamente descarnados, y cuya piel marchita testimoniaban una edad avanzada. Las desolladuras y cicatrices que le cubrían los miembros, eso como lo atezado de su piel, indicaban que hacía largo tiempo que aquel hombre estaba expuesto al choque directo con la naturaleza y los elementos.

El muchacho andaba delante suyo, ajustando el ardoroso vigor de sus miembros a los pasos lentos del viejo que lo seguía. También él tenía como única vestidura una piel de animal: un trozo de piel de oso de bordes desiguales, con agujero central por el que se lo pasaba por la cabeza. Aparentaba todo lo más doce años, y llevaba, coquetamente colocada encima de la oreja, una cola de cerdo recién cortada.

Llevaba en la mano un arco de tamaño medio y una flecha, y en su espalda colgaba un carcaj lleno de flechas. De una funda que le pendía del cuello, sujeta por una correa, salía el mango nudoso de un cuchillo de caza. El muchacho era negro como una mora, y su modo ágil de moverse recordaba el de un gato. Sus ojos azules, de un azul intenso, eran vivos y penetrantes como barrenas, y su color celeste contrastaba con la piel quemada por el sol que los enmarcaba.

Su mirada parecía saltar incesantemente hacia todos los objetos circundantes, y las aletas de su nariz palpitaban y se dilataban en un perpetuo acecho del mundo exterior, del que recogía ávidamente todos los mensajes. Su oído parecía igualmente fino, y estaba tan adiestrado que operaba automáticamente, sin ningún esfuerzo auditivo especial. Con toda naturalidad, sin la menor tensión adicional, su oído percibía, en la aparente calma reinante, los más leves sonidos, los distinguía unos de otros y los clasificaba: el roce del viento en las hojas, el zumbido de una abeja o una mosca, el rumor sordo y lejano del mar, que llegaba atenuado en un débil murmullo, la imperceptible resaca de las patas de un pequeño roedor limpiando de tierra la entrada de su guarida.

De pronto, el cuerpo del muchacho se tensó en posición de alerta. El sonido, la visión y el olor los habían advertido simultáneamente. Tendió la mano hacia el viejo, lo tocó, y ambos permanecieron inmóviles y silenciosos.

Algo había crujido delante de ellos, en la pendiente del terraplén, hacia la cima. Y la veloz mirada del muchacho se clavó en los matorrales cuya parte superior se movía.

Entonces, un gran oso pardo se les mostró, saliendo ruidosamente, y también él se detuvo instantáneamente, al ver a los dos humanos.

Al oso no le gustaban los hombres. Gruñó rabiosamente. Lentamente, dispuesto a afrontar lo que viniera. El muchacho colocó la flecha en el arco y tensó la cuerda, sin dejar de mirar a la bestia. El viejo, que debajo de la hoja que le servía de visera espiaba el peligro, se quedó tan quieto como su acompañante.

Durante unos momentos, el oso y los dos humanos se miraron. Luego, en vista de que la bestia, con sus gruñidos, manifestaba una creciente irritación, el muchacho hizo un signo al viejo, con un leve movimiento de la cabeza, de que era conveniente dejar el sendero libre y bajar la pendiente del terraplén. Eso hicieron, el viejo primero y luego el muchacho, que le seguía andando hacia atrás, con el arco tenso y dispuesto a tirar.

Cuando llegaron abajo, esperaron hasta que el ruido fuerte de hojas y ramas movidas, del otro lado del terraplén, les hizo saber que el oso se había marchado. Volvieron a la cima, y el muchacho dijo, con una risita prudentemente atenuada:

—¡Ese era grande, abuelo!

El viejo hizo una seña afirmativa. Meneó tristemente la cabeza, y contestó, con una voz de falsete parecida a la de un niño:

—Cada día hay más. ¡Quién hubiera pensado que viviría lo bastante para ver unos tiempos en que se corre peligro de muerte por el mero hecho de circular por el territorio del balneario del Cliff-House! En la época de la que te hablo, Edwin, cuando yo era niño, acudían aquí, en verano, a decenas de miles, hombres, mujeres, niños y niñas. Y entonces no había osos por aquí, puedes estar seguro. O, al menos, eran tan escasos que se los metía en una jaula y se pagaba dinero para verlos.

—¿Dinero, abuelo? ¿Y eso qué es?

Antes de que el viejo contestara, Edwin se dio un golpe en la frente: se había acordado. Se metió la mano en una especie de bolsillo interno en la piel de oso, y sacó de él, triunfante, un dólar de plata, abollado y deslustrado.

Los ojos del anciano se iluminaron cuando se inclinó sobre la moneda.

—Mi vista es mala —murmuró—. Mira tú, Edwin, si puedes descifrar la fecha que tiene.

El niño se echó a reír y exclamó, divertidísimo:

—¡Eres increíble, abuelo! ¡Sigues tratando de hacerme creer que esos pequeños signos que hay ahí quieren decir algo!

El viejo gimió profundamente, y acercó el pequeño disco a dos o tres pulgadas de sus ojos.

—¡Dos mil doce! —exclamó, finalmente. Luego se lanzó a un parloteo chistoso.

—¡Dos mil doce! Fue el año en que Morgan V fue elegido presidente de los Estados Unidos por la asamblea de magnates. Debe ser una de las últimas monedas que se acuñaron, porque la muerte escarlata llegó en el año dos mil trece. ¡Señor! ¡Señor! ¡Cuando pienso en ello! Hace sesenta años. ¡Y hoy soy el único sobreviviente de aquel tiempo! ¿Dónde has encontrado esta moneda, Edwin?

Edwin, que había escuchado al abuelo con la benévola condescendencia que se merecen los desvaríos de los débiles mentales, respondió enseguida:

—¡Me la dio Hu-Hu! La encontró cuando guardaba su rebaño de cabras, cerca de San José, la primavera pasada. Hu-Hu dice que es plata... Pero, ¿no tienes hambre, abuelo? ¿Por qué no seguimos andando?

El pobre hombre, después de devolverle el dólar a Edwin, asió su bastón con más fuerza y se apresuró hacia el sendero, brillándole de gula los ojos.

—Esperemos —musitó— que Cara de Liebre haya encontrado algún cangrejo... ¡Quizás dos cangrejos! Es bueno de comer, lo que tienen dentro los cangrejos. Muy bueno de comer cuando uno tiene nietos como vosotros, que quieren a su abuelo y se sienten obligados a conseguirle cangrejos. Cuando yo era niño...

Pero Edwin había visto algo; se había detenido, y, llevándose un dedo a los labios, hizo al anciano el signo de callarse. Colocó una flecha en la cuerda del arco y avanzó, al amparo de una vieja tubería de agua medio reventada que, al estallar, había desplazado un riel. Bajo la parra silvestre y las plantas trepadoras que la cubrían se veía la gruesa tubería oxidada.

El muchacho, avanzando de aquel modo, llegó junto a un conejo que estaba sentado junto a un matorral y que le miró, titubeante y tembloroso. La distancia era todavía al menos de cincuenta pies. Pero la flecha voló certeramente al blanco, veloz como un rayo, y el conejo, alcanzado, emitió un chillido de dolor. Luego se arrastró chillando hacia el matorral, tratando de ocultarse.

El muchacho, como la flecha, era un rayo, un rayo de piel tostada y de flotante piel de animal. Mientras corría hacia el conejo, su musculatura se tensaba y destensaba como un conjunto de resortes de acero que operaban, poderosos y flexibles, en el interior de sus miembros secos. Asió al animal herido, lo remató golpeándole la cabeza contra un tronco de árbol que quedaba a su alcance, y luego volvió junto al viejo y le entregó la presa para que la llevara.

—Es bueno, el conejo; muy bueno —musitó el vejestorio—. Pero como golosina deliciosa al paladar, prefiero al cangrejo. Cuando era niño...

Edwin, impaciente ante la fútil locuacidad del viejo, le interrumpió.

—¿A qué vienen —dijo, cortándole la palabra— tantas frases a propósito de cualquier cosa, frases que no tienen ningún sentido?

Se expresó con menos cortesía, pero ese fue más o menos el sentido de lo que dijo. Tenía un modo de hablar gutural e imperativo, y la lengua que hablaba estaba claramente emparentada con la del viejo, que era, a su vez, una derivación bastante corrompida del inglés. Edwin prosiguió:

—Me pone nervioso oír constantemente cosas que no entiendo. ¿Por qué, abuelo, por ejemplo, llamas a un cangrejo «golosina»? Un cangrejo es un cangrejo y se acabó. ¿Qué quiere decir eso de golosina?

El viejo suspiró sin contestar, y ambos prosiguieron su camino en silencio. El ruido del romper de las olas fue en aumento, y, cuando ambos emergieron del bosque, se mostró repentinamente el mar, más allá de las grandes dunas de arena.

Entre aquellas dunas, unas cuantas cabras mordisqueaban una hierba escasa. Estaban al cuidado de otro muchacho, vestido con pieles de animal, y de un perro, que no era ya sino una débil reminiscencia del perro y se parecía mucho más al lobo. En primer plano se elevaba el humo de una hoguera vigilada por un tercer muchacho, de aspecto no menos tosco que los dos anteriores. A su alrededor estaban tendidos varios perros-lobo, semejantes al que guardaba las cabras.

A un centenar de yardas de la orilla del mar había un amontonamiento de peñascos despedazados, y el rugir de las olas que los azotaban se mezclaba con una especie de ladrido ronco. Era el mugir de enormes leones marinos que se arrastraban entre las rocas, unos para tenderse al sol, otros para combatir entre ellos.

El viejo se dirigió hacia el fuego, acelerando el paso y husmeando el aire con avidez.

—¡Mejillones! —exclamó, extasiado, con su vocecilla temblorosa, al llegar junto al fuego—. ¡Mejillones! ¿No es cierto, Hu-Hu? ¿No será un cangrejo? ¡Dios mío! ¡Muchachos, qué buenos sois con vuestro abuelo!

Hu-Hu, que aparentaba la misma edad que Edwin, respondió, con una mueca que pretendía ser una sonrisa.

—Come, abuelo, come todo lo que quieras. Mejillones o cangrejos. Hay cuatro.

El paralítico entusiasmo del viejo era un espectáculo penoso. Se sentó en la arena lo más deprisa que se lo permitieron sus miembros agarrotados, y sacó de entre los tizones un mejillón de roca de gran tamaño. El calor había hecho que se abrieran las valvas, y se veía la carne del mejillón, color salmón y cocida en su punto.

Con prisa febril, el viejo asió el suculento bocado entre el pulgar y el índice y se lo llevó rápidamente a la boca. Pero el mejillón quemaba y, al cabo de un instante, lo escupía profiriendo aullidos de dolor, mientras le rodaba una lágrima por las mejillas.

Los jóvenes eran auténticos salvajes, y salvaje era su cruel regocijo. Rompieron a reír ante el ardiente chasco del viejo, que consideraron sumamente divertido. Hu-Hu se puso a hacer inacabables cabriolas y Edwin se retorcía de risa en el suelo. El pequeño guardián de las cabras acudió, atraído por el ruido, y no tardó en sumarse a la hilaridad.

—Enfríalos, Edwin... Enfríalos —suplicó el viejo sufriente, sin siquiera enjugarse las lágrimas que seguían brotando de sus ojos—. Enfría también un cangrejo, Edwin... Ya sabes cuánto le gustan los cangrejos a tu abuelo.

Un chisporroteo salió del fuego, que hacía que todas las valvas de los mejillones estallaran en un vapor húmedo. Los moluscos eran en su mayor parte de buen tamaño: medían entre tres y seis pulgadas de ancho. Los muchachos los sacaron del fuego valiéndose de palitos, y los alinearon en una vieja cepa arrojada a la playa por el mar para que se enfriaran.

El viejo gemía:

—En mis tiempos, nadie se burlaba de ese modo de los viejos... Se les respetaba... Se les respetaba...

Los muchachos no prestaron la menor atención a las quejas y recriminaciones del vejestorio. Pero el viejo fue ahora más prudente, y no se quemó la boca. Todos se habían puesto a comer, haciendo mucho ruido con la lengua y chasqueando los labios.

El tercer niño, que se llamaba Cara de Liebre y que tenía ganas de reír un poco más, colocó disimuladamente un poco de arena en uno de los mejillones, que ofreció luego al viejo. Cuando este se lo metió en la boca, la arena le dañó las encías y las mucosas bucales e hizo una mueca horrible.

Recomenzó entonces la risa, tumultuosamente. El viejo no se daba cuenta de que había sido objeto de una broma pesada. Balbuceaba lastimosamente y escupía con todas sus fuerzas. Finalmente, Edwin se apiadó y le tendió una calabaza con agua fresca, con la que el viejo se enjuagó la boca.

—A ver, Hu-Hu, ¿dónde están los cangrejos? —preguntó Edwin—. Hoy el abuelo tiene hambre.

Al oír hablar de cangrejos, los ojos del viejo brillaron de gula, y Hu-Hu le tendió uno, que era de muy buen tamaño. El caparazón y las patas estaban enteros, pero vacíos. Con las manos temblorosas y emitiendo grititos de impaciencia, el viejo quebró una de las patas, pero no encontró sino vacío.

—¡Un cangrejo, Hu-Hu! —gimió—. ¡Dame un cangrejo de verdad!...

—¡Nos hemos burlado de ti, abuelo! —contestó Hu-Hu—. No hay cangrejos. No he encontrado ninguno.

La decepción se pintó en la cara arrugada del vejestorio, que volvió a echarse a llorar a mares mientras los muchachos se reían inconteniblemente.

Disimuladamente, Hu-Hu reemplazó el caparazón vacío, que el viejo había dejado en el suelo delante suyo, por un cangrejo lleno, cuyas patas y caparazón estaban ya quebradas y cuya carne blanca emitía un aroma delicioso. El olfato del viejo sintió un divino cosquilleo, y bajó la mirada, sorprendidísimo. Su lúgubre humor se trocó acto seguido en alegría. Husmeó y luego, con un ronroneo beatífico, se puso a comer. Y, mientras masticaba con las encías, mascullaba una palabra que no tenía ningún sentido para sus oyentes:

—Mayonesa... Mayonesa...

Hizo chasquear la lengua, y prosiguió:

—¡Mayonesa! Eso sí que sería una buena cosa... ¡Y pensar que hace más de sesenta años que ha desaparecido! Han crecido dos generaciones sin conocer su maravilloso perfume. ¡En otros tiempos, en todos los restaurantes la servían con los cangrejos!

Una vez saciado, el viejo suspiró, se secó las manos frotándoselas en sus muslos desnudos, y su mirada se perdió en el mar.

Luego, sintiendo el bienestar de un estómago lleno, se puso a rebuscar en su memoria.

—¿Sabéis, hijos míos, sabéis que yo he visto estas orillas hirviendo de vida? Aquí se apretujaban cada domingo hombres, mujeres y niños. En vez de osos a la espera de devorarlos, había allá arriba, en la cima del acantilado, un magnífico restaurante donde uno encontraba todo lo que quería comer. Vivían entonces en San Francisco cuatro millones de personas. Y ahora, en todo el territorio, no quedan ni cuarenta. También el mar estaba repleto de barcos que entraban y salían sin parar por la Puerta de Oro. Y en el aire había innumerables dirigibles y aviones, que podían superar las doscientas millas por hora.

»Sí, esa era la velocidad mínima que exigían los contratos de la compañía aérea que hacía el servicio postal entre Nueva York y San Francisco. Hubo un hombre, un francés, que ofreció la velocidad de trescientas millas. ¡Hum, hum! Esto pareció excesivo, y demasiado arriesgado, a los ojos de la gente retrógrada. Pero el francés insistía, y tenía bases sólidas para hacerlo, y hubiera logrado lo que prometía de no haber sido por la gran peste. Cuando yo era niño, había todavía gente que recordaba haber visto los primeros aeroplanos. Yo vi los últimos. Han pasado sesenta años...

Los niños escucharon su monólogo con aire distraído. No comprendían casi nada de lo que decía, y lo escuchaban hartos de su machaconería, tanto más cuanto que, en sus ensueños en voz alta, empleaba un inglés más puro, que no tenía sino una lejana relación con la tosca jerga que ellos empleaban y que el viejo empleaba al hablar con ellos.

—En cambio, los cangrejos, en aquel tiempo —prosiguió—, eran más escasos, porque los pescaban en todas partes, y era un manjar muy apreciado. Se autorizaba su pesca durante un solo mes al año. Hoy pueden capturarse todos los días del año. ¡Esto, en aquel tiempo, hubiera sido prodigioso!

En aquel momento se produjo una viva agitación entre las cabras que comían hierbas entre las dunas, y los tres muchachos se pusieron de pie. Los perros que estaban acurrucados junto al fuego corrieron a unirse a su compañero, que había permanecido junto a las cabras y que gruñía furiosamente. El rebaño entero derivó hacia sus protectores humanos.

Media docena de formas grises y flacas se deslizaban furtivamente por la arena, y tenían en jaque a los perros, a los que se les erizaba el pelo del lomo.

Edwin lanzó contra las formas una flecha que erró el blanco. Pero Cara de Liebre, armado con una honda semejante a la que debió emplear David en su lucha contra Goliat, hizo volar una piedra, que cruzó silbando el aire. La piedra cayó de lleno entre los lobos, que desaparecieron hacia las negras profundidades del bosque de eucaliptos.

Su huida hizo reír a los muchachos. Regresaron, satisfechos, a tenderse en la arena junto al vejestorio, que gemía desoladamente. Había comido demasiado, y la digestión se le hacía pesada. Y, apretándose el vientre con ambas manos, entrelazando los dedos, prosiguió sus lamentaciones.

—El trabajo humano es efímero y se desvanece como la espuma del mar... Sí, eso es. El hombre, en este planeta, domesticó a los animales útiles y destruyó a los nocivos. Roturó la tierra y la liberó de la vegetación salvaje. Luego, cierto día, desaparece, y la marea de la vida primitiva vuelve a subir, barriendo la obra humana. La mala hierba y el bosque invaden los campos, los animales de presa vuelven a atacar a los rebaños, y ahora hay lobos en la playa de Cliff-House.

Esta idea pareció asustarlo. Se detuvo. Luego prosiguió:

—Si en un solo territorio desaparecieron cuatro millones de seres humanos, si los lobos feroces vagan por aquí, y vosotros, progenie bárbara de tanto genio extinguido, os veis obligados a defenderos, con armas prehistóricas, de los colmillos de los cuadrúpedos invasores, todo ello se debe a la muerte escarlata.

—Escarlata... Escarlata... —murmuró Cara de Liebre al oído de Edwin—. El abuelo repite a menudo esa palabra. ¿Tú sabes lo que significa?

El viejo oyó la pregunta, y declamó, con su voz agridulce:

—Los arces escarlata, cuando llega el otoño, me estremecen como un toque de clarín, dijo el poeta.

Edwin explicó a Cara de Liebre:

—El escarlata es el rojo... Tú no lo sabes porque te has educado en la tribu del Chófer. Ninguno de sus miembros ha sabido jamás nada. El escarlata es el rojo... Yo sí lo sé.

Cara de Libre protestó:

—Si el escarlata es el rojo, ¿por qué no decir rojo? ¿Qué sentido tiene complicar todo con palabras que la gente no entiende? El rojo es el rojo, y se acabó.

—Rojo no es la palabra adecuada —replicó el viejo—. La peste no era roja, era escarlata. El cuerpo y la cara del que se veía atacado por ella se ponían escarlata en el plazo de una hora. Lo sé porque lo vi. Hay que decir escarlata.

Pero Cara de Liebre no estaba convencido. Se obstinó:

—A mí me basta con decir rojo. Papá no utiliza otra palabra. Dice que todo el mundo murió de muerte roja.

El viejo se irritó.

—Tu padre, como bien dice Edwin, es un hombre del vulgo, él es hijo de un hombre del vulgo. Nunca ha tenido educación. Tu abuelo era un chófer, un criado. Tu abuela era de buena cepa, eso es verdad. Era una dama. Pero ni sus hijos ni sus nietos se le han parecido. Antes de la muerte escarlata era la mujer de Van Warden, uno de los doce magnates de la industria que gobernaban América. Valía más de mil millones de dólares. ¿Te das cuenta, Edwin? Más de un millón de monedas iguales a la que llevas en tu bolsillo. Luego vino la muerte escarlata, y esa mujer se convirtió en la mujer de Bill, el Chófer. Bill tenía la costumbre de pegarle palizas. Lo vi con mis propios ojos. Ya ves, Cara de Liebre, quién fue tu abuela.

En el curso de esta discusión, Hu-Hu, perezosamente tendido en la arena, se entretenía cavando en ella con un pie.

De repente dio un grito. Su dedo gordo había dado contra algo duro, y se había rasguñado. Se puso en pie, examinó el agujero que había abierto.

Los otros dos muchachos se le unieron, y se pusieron a cavar rápidamente entre los tres, apartando la arena con las manos. Aparecieron tres esqueletos. Dos de ellos eran de adultos, y el tercero correspondía a un adolescente.

El vejestorio se acercó de rodillas al agujero, y se inclinó sobre él.

—Son víctimas de la peste escarlata —proclamó—. Así morían, en todas partes. Se trata sin duda de una familia que huía del contagio y que cayó muerta aquí, en playa Cliff-House. Estos... Pero, ¿qué haces, Edwin?

Edwin, con la punta de su cuchillo de caza, había empezado a hacer saltar los dientes de la mandíbula de uno de los esqueletos.

—¡Santo Dios! Pero ¿qué haces? —repitió el viejo, despavorido.

—Es para hacerme un collar —contestó el muchacho.

Los otros dos muchachos imitaron a Edwin, raspando o golpeando con la punta o el mango de sus cuchillos. El viejo gemía.

—Sois unos salvajes, unos auténticos salvajes. Ya hemos llegado a la moda de adornarse con dientes humanos. La próxima generación se perforará la nariz y las orejas y se adornará con huesos de animales y con conchas. De eso no cabe duda. La raza humana está condenada a hundirse cada vez más en la noche primitiva antes de recomenzar algún día un nuevo ascenso sangriento hacia la civilización. Hoy, la tierra es demasiado ancha para los pocos hombres que viven. Pero estos hombres crecerán y se multiplicarán, y, dentro de algunas generaciones, encontrarán la tierra demasiado estrecha para ellos y empezarán a matarse los unos a los otros. Esto no habrá quien lo evite. Entonces se colgarán del cinto las cabelleras de sus enemigos, del mismo modo que tú, Edwin, que eres el más afectuoso de mis nietos, empiezas ya a adornarte la oreja con esa terrible cola de cerdo. ¡Hazme caso, pequeño! ¡Tírala, tírala lo más lejos que puedas!

—¡Qué parlanchín este abuelo! —gruñó Cara de liebre.

Había terminado la extracción de las piezas dentales de los tres esqueletos, y los tres muchachos se pusieron a repartirlas equitativamente. Eran vivaces y bruscos en ademanes y palabras, y la discusión fue animada. Se expresaban en monosílabos, en frases breves y entrecortadas.

Luego, satisfechos con el hallazgo, se sentaron alrededor del vejestorio. Cara de Liebre, mientras jugaba con los fragmentos de esmalte, preguntó:

—Oye, viejo, ¿por qué no nos hablas un poco de la muerte roja?

—De la muerte escarlata —rectificó Edwin.

El hombrecillo pareció halagado con la petición. Se aclaró la garganta tosiendo, y empezó:

—Hace veinte o treinta años, todavía me pedían a menudo que contara mi historia, ahora la juventud se interesa cada vez menos por el pasado...

—Pero intenta —incidió Cara de Liebre— hablar con claridad, si quieres que entendamos. ¡Nada de frases complicadas ni de palabras sabias!

Edwin dio un codazo a Cara de Liebre.

—Vamos, cállate o el abuelo se enfadará —dijo—. No hablará, y no nos enteraremos de nada. No es culpa suya si se explica mal.

Y, en efecto, el viejo parecía ya a punto de irritarse y de iniciar un largo discurso acerca de la falta de respeto de los niños actuales, así como de la triste suerte de la humanidad, vuelta a la barbarie de los primeros tiempos.

—Sigue, abuelo —insinuó Hu-Hu, en tono conciliador.

El viejo se decidió.

—En aquel tiempo —dijo—, el mundo estaba poblado. Solamente en San Francisco había cuatro millones de habitantes...

—¿Qué es un millón? —interrumpió Edwin.

—Sólo sabes contar hasta diez, no lo ignoro. Pero haré que entiendas. Levanta las dos manos. En las dos, tienes, en total, diez dedos. Bueno. Ahora recojo este grano de arena. Trae aquí la mano, Hu-Hu.

Dejó caer el grano de arena en la palma de la mano de Hu-Hu, y prosiguió:

—Este grano de arena representa los diez dedos de Edwin. Añado otro grano. Ya tenemos otros diez dedos. Y añado un tercer grano y un cuarto y un quinto, y así hasta diez. Eso da diez veces los diez dedos de Edwin. A esto lo llamo un centenar. Recordad los tres bien esta palabra: un centenar. Ahora tomo esta piedrecilla y la pongo en la mano de Cara de Liebre. Representa diez granos de arena, o sea, diez decenas de dedos, o sea, cien dedos. Pongo diez piedras, representan mil dedos. Prosigo, y pongo una valva de mejillón que representa diez piedras, es decir, cien granos de arena, o mil dedos...

De este modo, laboriosamente, el viejo, por medio de sucesivas repeticiones, consiguió más o menos introducir en la mente de los muchachos una idea aproximada de los números. A medida que la cifra crecía, iba colocando en las manos de los niños distintos objetos que las simbolizaban. Cuando llegó a los millones, los representó por medio de las piezas dentales arrancadas a los esqueletos. Y multiplicó las piezas dentales por caparazones de cangrejos para expresar los mil millones, y se detuvo ahí, ya que sus oyentes empezaban a mostrar signos de cansancio.

—Había, pues, cuatro millones de hombres en San Francisco —reanudó—. O sea, cuatro dientes...

La mirada de los muchachos pasó de los dientes a las piedras, y luego de las piedras a los granos de arena, y de los granos de arena a los dedos de las manos alzadas de Edwin; después recorrieron en sentido inverso la serie ascendente de los símbolos, esforzándose para comprender la cifra inaudita que representaba.

—Cuatro millones de hombres, eso es una buena cantidad —aventuró finalmente Edwin.

—¡Eso es, muchacho! —aprobó el viejo—. Puedes hacer otra comparación, con los granos de arena de la orilla. Imagínate que cada uno de estos granos era un hombre, una mujer o un niño. ¡Ahí tienes! Estos cuatro millones de personas vivían en San Francisco, que era una gran ciudad, en esta misma bahía en donde estamos nosotros ahora. Y los habitantes se extendían más allá de la ciudad, en toda la extensión de la bahía y en la orilla del mar, y tierra adentro, entre las llanuras y las colinas. Eso daba un total de siete millones de habitantes. ¡Siete dientes!

Una vez más, los muchachos recorrieron con la mirada los dientes, las piedras, los granos de arena y los dedos de Edwin.

—El mundo entero estaba atestado de seres humanos. El gran censo del año 2010 había dado un resultado de ocho mil millones como población de todo el universo. Ocho mil millones, o sea, ocho caparazones de cangrejos... Aquellos tiempos no se parecían demasiado a estos tiempos en que vivimos. La humanidad tenía una habilidad sorprendente para procurarse alimentos. Y cuanta más comida necesitaba, tanto más crecía el número. Así, pues, vivían en la Tierra ocho mil millones de hombres cuando comenzaron los estragos de la peste escarlata. Yo entonces era un hombre joven. Tenía veintisiete años. Vivía en Berkeley, que estaba en la bahía de San Francisco, en el lado que queda enfrente de la ciudad. ¿Recuerdas, Edwin, esas casas grandes de piedra que nos encontramos un día en esa dirección... hacia allí? Yo vivía allí, en una de esas casas de piedra. Era profesor de literatura inglesa.

Buena parte de ese discurso desbordaba el entendimiento de los jovencitos. Pero se esforzaban por comprender cuanto podían, aunque difusamente, de este relato del pasado.

—¿Qué hacía en esas casas? —preguntó Cara de Liebre.

—Tu padre, lo recordarás, te enseño a nadar... —Cara de Liebre hizo un signo afirmativo—. ¡Pues bien! En la Universidad de California (así se llamaban esas casas) se enseñaba a los jóvenes y las jóvenes toda clase de cosas. Se les enseñaba a pensar, a ilustrar la mente. Del mismo modo que yo acabo de enseñaros, por medio de la arena, las piedras, los dientes y las conchas, a calcular cuántos habitantes tenía entonces la Tierra. Había mucho que enseñar. A los jóvenes se les llamaba «estudiantes». Había grandes salas, y en ellas yo y los demás profesores dábamos lecciones. Yo hablaba a cuarenta y cinco oyentes al mismo tiempo, igual que yo os hablo a los tres a vez. Les hablaba de los libros que habían escrito los hombres que habían vivido antes que ellos, y a veces también de los libros escritos en aquella misma época.

—¿Y eso era todo lo que hacían? —preguntó Hu-Hu—. ¿Hablar, hablar y hablar, y nada más? ¿Quién cazaba para tener carne? ¿Quién ordeñaba las cabras? ¿Quién pescaba los peces?

—¡Muy bien, Hu-Hu! Me haces una pregunta muy juiciosa. Pues bien, los alimentos, tal como te he dicho, eran pese a todo muy abundantes. Porque éramos hombres muy sabios. Algunos se ocupaban especialmente de los alimentos, y, mientras, los demás se ocupaban de otras cosas. Yo hablaba, hablaba incesantemente. Y, a cambio de ello, me daban de comer. Comida abundante y refinada. ¡Oh, sí! ¡Refinada! Desde hace sesenta años no pruebo nada igual, y seguramente ya no probaré nada igual. A menudo he pensado que la obra más espléndida de nuestra vieja civilización era esa abundancia de alimentos, su variedad infinita y su increíble refinamiento. ¡Oh, hijos míos! ¡Sí! ¡La vida merecía entonces ser vivida! ¡Entonces, cuando teníamos también buenas cosas para comer!

Los muchachos seguían escuchando atentamente y todo lo que no comprendían lo atribuían al chocheo senil del viejo.

—A los que producían el alimento los llamábamos, en teoría, hombres libres. Pero era falso: su libertad no era más que una palabra. La clase dirigente poseía las tierras y las máquinas. Era en beneficio suyo que trabajaban duramente los productores, y del fruto de su trabajo se les dejaba estrictamente lo necesario para que pudieran seguir trabajando y produciendo cada vez más.

—Cuando yo voy a buscar alimentos en el bosque —declaró Cara de Liebre—, si alguien trata de quitármelos y hacerlos suyos, yo lo mataría.

El viejo rompió a reír.

—Pero si la tierra, el bosque, las máquinas, todo, nos pertenecía, a nosotros, la clase dirigente, ¿cómo hubieran podido los trabajadores negarse a producir para nosotros? Se hubieran muerto de hambre. Por eso preferían trabajar duramente, garantizarnos nuestra comida, hacernos los vestidos y proporcionarnos mil y un mejillón, Hu-Hu; mil delicias y magníficas satisfacciones. ¡Ja, ja, ja! Así pues, en aquel tiempo yo era el profesor Smith, James Howar Smith. Mi curso tenía mucha asistencia; es decir, que muchos jóvenes gustaban de oírme hablar de los libros escritos por otros hombres. Era muy feliz. Mis alimentos eran excelentes. Tenía las manos suaves, porque no tenía que hacer ningún trabajo duro. Tenía el cuerpo limpio y bien cuidado y mi ropa era todo lo flexible y agradable que uno pueda imaginarse.

Diciendo esto el vejestorio dejó caer una mirada de asco a su asquerosa piel de cabra.

—No era así nuestra ropa. Incluso nuestros trabajadores esclavos la llevaban mejor. Y nuestro aseo corporal era extremo. Nos lavábamos la cara y las manos varias veces al día. ¿Qué decís de esto? ¿Eh? Vosotros que no os laváis nunca, salvo cuando os caéis al agua o cuando nadáis.

—¡Tampoco tú te lavas nunca! —replicó Hu-Hu.

—Lo sé, lo sé muy bien. Hoy soy un viejo repulsivo. Pero es que han cambiado los tiempos. Hoy nadie se lava. Ya no hay modo de hacerlo. Hace sesenta años que no veo ningún fragmento de jabón. No sabéis lo que quiere decir «jabón», no voy a perder tiempo explicándolo, porque lo que os estoy contando es la historia de la muerte escarlata... ¿Sabéis lo que es una enfermedad? En otro tiempo se decía «infección». Se sabía que las enfermedades estaban causadas por gérmenes malignos. He dicho «germen». Recordad esta palabra. Un germen es una cosa pequeñísima. Más pequeña que las garrapatas que en primavera se prenden del pelo y de la carne de los perros cuando corren por el bosque. Sí, un germen es mucho más pequeño todavía, tan pequeño que no se puede ver.

Hu-Hu se rio de buenísima gana.

—Qué divertido eres, abuelo. Nos hablas de cosas que no se pueden ver. Pero, entonces, ¿cómo se sabe que existen? Esto no tiene sentido.

—¡Bien, Hu-Hu! ¡Muy bien! Excelente pregunta la que me haces. Has de saber, pues, que para ver esas cosas teníamos un instrumento llamado «microscopio». Microscopio, ¿oyes? Microscopio, y «ultramicroscopio». Gracias a estos instrumentos, a los que aplicábamos los ojos, los objetos se nos mostraban mayores de lo que son en realidad. Y, de ese modo, podíamos ver incluso aquellos cuya existencia ignorábamos hasta entonces. Los mejores microscopios agrandaban un germen cuarenta mil veces. Cuarenta mil, es decir, cuarenta valvas de mejillón, cada una de las cuales permitía mil dedos. Luego, empleando un segundo instrumento que llamábamos cinematógrafo, sí, «cine-ma-tó-gra-fo», estos gérmenes, agrandados ya cuarenta mil veces, se nos mostraban agrandados miles y miles de veces más. ¡Tomad un grano de arena, hijitos! Partidlo en mil trozos. Luego, romped en otros diez uno de estos; y luego uno de esos diez en diez. Seguid así todo el día, y quizás a la puesta del sol habéis alcanzado la pequeñez de uno de esos gérmenes.

Los muchachos parecían incrédulos. Cara de Liebre emitía resoplidos burlones, y Hu-Hu se reía con disimulo. Edwin los hizo callar, y el viejo continuó:

—La garrapata de los bosques chupa la sangre de los perros. Pero el germen, gracias a su extrema pequeñez, penetra sigilosamente en la sangre del cuerpo y se multiplica infinitamente. En el cuerpo de un solo hombre había en aquel tiempo mil millones de gérmenes. Mil millones... ¡Un caparazón de cangrejo, ni más ni menos! A esos gérmenes los llamábamos microbios. «Microbios». Muy bien. Y cuando un hombre tenía mil millones de ellos en la sangre, se decía que estaba infectado; que estaba enfermo, si así os gusta más. Había microbios de distintas especies. Esas especies eran innumerables, como los granos de arena de esta playa. No las conocíamos todas. Sabíamos muy poco de este mundo invisible. Conocíamos el *bacillus anthracis*, y también el *micrococcus*, el *bacterium termo* y el *bacterium lactis*. Este último, dicho sea de paso, es el que sigue haciendo cuajar la leche de cabra, permitiendo hacer queso. ¿Me sigues, Cara de Liebre? ¿Y qué diré de los esquizomicetos, cuya familia es inacabable? Y me dejo infinidad...

Aquí el viejo se perdió en una larga disertación acerca de los gérmenes y su naturaleza. Empleaba palabras tan largas y frases tan complicadas que los muchachos, mirándose los unos a los otros con una mueca, volvieron su mirada al océano inmenso, dejando que el exprofesor Smith peroratara al aire. Finalmente, Edwin le tiró del brazo, y le sugirió:

—¿Y la muerte roja, abuelo?

El vejestorio tuvo un sobresalto, y, de su cátedra de la Universidad de Berkeley, donde se imaginaba disertar todavía ante un auditorio muy distinto, volvió bruscamente a la realidad de su situación.

—Sí, sí, Edwin —dijo—, me había olvidado. A veces me vuelve el pasado a la memoria con tanta fuerza que llego a olvidar que soy un hombre viejísimo y sucio, vestido con una piel de cabra, que va por ahí con unos nietos que son pastores en un mundo primitivo. El trabajo del hombre es efímero y se desvanece como la espuma del mar... Así se desvaneció nuestra civilización grandiosa y colosal. Y hoy soy el más viejo de todos, soy un viejo muy cansado, y pertenezco a la tribu de Santa Rosa. En esta tribu me casé. Mis hijos y mis hijas se casaron a su vez, ya en la tribu de los Chóferes, ya en la de los Sacramentos, ya en la de los Palo Altos. Tú, Cara de Liebre, perteneces a la tribu del Chófer. Tú, Edwin, a la de Sacramento. Y tú Hu-Hu, a la de Palo Alto. Y los tres sois nietos míos... Pero iba a hablaros de la muerte escarlata. ¿Dónde estaba?

—Nos hablabas de los gérmenes —contestó prestamente Edwin—, de todas esas cositas que no se pueden ver y que nos ponen enfermos a los hombres.

—Sí, en eso estaba. En los primeros tiempos del mundo, cuando había poquísimos hombres en la Tierra, existían pocos gérmenes, y, por lo tanto, pocas enfermedades. Pero a medida que los hombres se hacían numerosos, y se agrupaban en grandes ciudades para vivir juntos en ellas, apretujados unos contra otros, nuevas especies de gérmenes penetraron en sus cuerpos, y aparecieron enfermedades desconocidas, cada vez más terribles. Así, por ejemplo, mucho antes de mi tiempo, hubo la peste negra, que barrió Europa. Luego hubo la tuberculosis, la peste bubónica. En África apareció la enfermedad del sueño. Los bacteriólogos atacaban todas esas enfermedades y las destruían. Del mismo modo que vosotros, hijitos, alejáis a los lobos de vuestras cabras o aplastáis a los mosquitos que se ceban con vosotros. Los bacteriólogos...

—¿Cómo dices, abuelo?... —interrumpió Edwin.

—«Bac-te-rió-lo-gos»... Tu tarea, Edwin, consiste en guardar las cabras. Las vigilas todo el día, y sabes muchas cosas acerca de ellas. Un bacteriólogo es el que vigila los gérmenes, los estudia, y, cuando es preciso, lucha contra ellos y los destruye, como haces tú con los lobos. Pero, igual que en tu caso, no siempre triunfan. Así, por ejemplo, había una enfermedad espantosa, llamada «lepra». Un siglo, es decir cien años, antes de mi nacimiento, los bacteriólogos habían descubierto el germen de la lepra. Lo conocían perfectamente. Lo dibujaron. Yo vi esos dibujos. Pero no encontraron el modo de matarlo. En 1894 surgió la peste pantoblast. Apareció en un país llamado Brasil, e hizo morir a miles de hombres. Los bacteriólogos descubrieron su germen, consiguieron matarlo, y la peste pantoblast se detuvo. Fabricaron una cosa llamada «suero», un líquido que introducían en el cuerpo humano y que destruía el germen del pantoblast sin matar al hombre. En 1947 hubo un mal extraño que atacaba a los niños de diez meses o menos, y que los incapacitaba para mover las manos y los pies, para comer, o para hacer cualquier cosa. Los bacteriólogos tardaron once años en encontrar ese germen extraño, en poder matarlo y salvar a los niños pequeños. A pesar de estas enfermedades y de sus estragos, la humanidad seguía creciendo, y cada vez más los hombres se aglomeraban en las grandes ciudades. Ya en 1929 un sabio ilustre, llamado Soldervetzky, había pronosticado que una gran enfermedad, mil veces más mortal que todas las que la habían precedido, llegaría cierto día y mataría a los hombres a millares y a miles de millones. Ya que la fecundidad de las alianzas, así se expresaba él, es infinita.

En aquel momento, Cara de Liebre se puso de pie y, con una mueca despectiva, manifestó:

—¡Tú chocheas, abuelo! ¿Quieres hablarnos de la muerte roja, sí o no? Si no quieres, dilo, y volvemos al campamento.

El viejo, herido en su interpretación, se echó a llorar silenciosamente. Gruesas lágrimas corrieron por las arrugas de sus mejillas. Su expresión dolorida traicionaba toda la decrepitud física y moral de sus más de ochenta años.

—Vamos, Cara de Liebre, vuelve a sentarte —dijo Edwin—. El abuelo habla bien. Y está a punto de llegar a lo de la muerte escarlata. Nos lo va a contar enseguida... ¿No es cierto, abuelo? Un poco de paciencia, Cara de Liebre.

El viejo se enjugó las lágrimas con sus sucios dedos. Luego reanudó el relato con su voz temblorosa, que fue haciéndose firme a medida que se animaba en el curso del relato.

—Fue en el verano de 2013 cuando se declaró la peste escarlata...

Cara de Liebre expresó ruidosamente su alegría, batiendo las palmas.

—...Yo tenía veintisiete años. Unos telegramas...

Cara de Liebre frunció el entrecejo.

—¿Unos qué? —preguntó—. Ya vuelven las palabras que nadie entiende.

Edwin le impuso silencio, y el viejo prosiguió.

—En aquel tiempo los hombres hablaban entre sí a través de miles y miles de millas de distancia. Así fue como llegó a San Francisco la noticia de que una enfermedad desconocida se había declarado en Nueva York. En aquella ciudad, la más espléndida de toda América, vivían diecisiete millones de personas. De momento, la alarma no fue excesiva. Sólo habían tenido lugar unas pocas muertes. Sin embargo, según parecía, las defunciones habían sido rapidísimas. Uno de los primeros signos de esa enfermedad era que toda la cara y el cuerpo del que estaba atacado se ponían rojos.

»En el curso de las siguientes veinticuatro horas se supo que se había declarado un caso en Chicago, otra gran ciudad. Y, el mismo día, corrió la noticia de que Londres, la mayor ciudad del mundo después de Nueva York y Chicago, luchaba en secreto contra aquel mal desde hacía ya dos semanas. Las noticias habían sido censuradas... Quiero decir que se había impedido que circularan por el resto del mundo.

»La cosa parecía grave, desde luego. Pero nosotros, en California, lo mismo que en cualquier otra parte, no perdimos la cabeza. No había quien no estuviera convencido de que los bacteriólogos encontrarían el modo de aniquilar el nuevo germen, lo mismo que lo habían encontrado en el pasado en los casos de los otros gérmenes.

»Lo que resultaba inquietante, sin embargo, era la rapidez prodigiosa con que aquel germen destruía a los humanos, y también el hecho de que la persona atacada por él muriera infaliblemente. Ni un solo caso de curación. En otros tiempos ya se había conocido la fiebre amarilla, una vieja enfermedad que tampoco resultaba nada apacible. Por la noche, cenaba uno con una persona que gozaba de buena salud, y a la mañana siguiente, si uno se levantaba lo bastante temprano, veía pasar el coche fúnebre que se llevaba al convidado de la víspera.

»La nueva peste era todavía más expeditiva. Mataba mucho más aprisa. A menudo no transcurría ni una hora entre los primeros síntomas de la enfermedad y la llegada de la muerte. Había casos en que el atacado resistía varias horas; pero había otros en que todo terminaba diez o quince minutos después de las primeras señales.

»Lo primero era que el corazón latía aceleradamente, y que aumentaba la temperatura corporal. Luego, una erupción de color rojo intenso se extendía como una erisipela por la cara y el cuerpo. Mucha gente no se daba cuenta de la aceleración de los latidos ni de la elevación de la temperatura, y sólo recibía la advertencia en el momento en que se manifestaba la erupción.

»Ordinariamente, esta primera fase de la enfermedad aparecía acompañada de convulsiones; pero no parecían graves, y, cuando cesaban, aquel que las había superado volvía de repente a un profundo estado de calma. Entonces lo invadía una especie de entumecimiento que subía a partir del pie y del talón, alcanzaba la pierna, las rodillas, los muslos, el vientre, y seguía subiendo. En el instante mismo en que llegaba al corazón se producía la muerte.

»Ningún malestar ni delirio acompañaban ese entumecimiento progresivo. La mente permanecía clara y activa, hasta el momento en que el corazón se paralizaba y dejaba de latir. Otro detalle no menos sorprendente era la veloz descomposición de la víctima después de la muerte. Mientras uno la miraba, su carne parecía deshacerse, reducirse a pulpa.

»Fue esta última una de las razones de la rapidez del contagio. Los miles de millones de gérmenes del cadáver quedaban liberados instantáneamente. En estas condiciones era inútil la lucha de la ciencia. Los bacteriólogos morían en sus laboratorios en el instante mismo en que se iniciaba el estudio de la peste escarlata. Estos sabios eran unos héroes. En cuanto uno moría otro tomaba su lugar.

»Un sabio inglés consiguió, en Londres, aislar por primera vez el germen. Se telegrafió la noticia a todas partes, y todo el mundo cobró esperanzas. Pero Trask (así se llamaba el sabio) murió dentro de las treinta horas. Había sido encontrado el célebre germen, sin embargo, todos los laboratorios compitieron para descubrir el contragermen capaz de matar al de la peste escarlata. Todos estos esfuerzos fracasaron.

En este punto hubo una interrupción de Cara de Liebre:

—¡Los hombres de tu tiempo estaban locos, abuelo! Esos gérmenes eran invisibles, has dicho, ¿no? ¡Y querían combatirlos con otros gérmenes también invisibles!... Por eso murieron... ¡Mira que luchar contra algo que no se sabe, sirviéndose de algo que se ignora! ¡Vaya tontería!

El vejestorio reabrió de inmediato el manantial de sus llantos. Edwin se apresuró a consolarle y a morigerar a Cara de Liebre.

—¡Escúchame bien! —dijo este último—. Tú crees en un montón de cosas que no puedes ver... —Cara de Liebre negó con la cabeza; Edwin prosiguió—: Claro que sí. Crees en los muertos que andan. Y nunca has visto pasearse a ninguno...

—¡Sí! ¡Sí! —protestó Cara de Liebre—. El invierno pasado vi vagar a varios, cuando fui con papá a cazar lobos.

—Bueno, lo admito —concedió Edwin—. Pero no me negarás que escupes en el agua cada vez que cruzas un río o un torrente.

—¡Claro! Es para alejar la mala suerte.

—Entonces, ¿crees en la mala suerte?

—Desde luego.

—¿Puedes decirme si has visto alguna vez a la mala suerte? —concluyó Edwin, victoriosamente—. Nunca y en ninguna parte, ¿verdad? Así, pues eres igual que el abuelo con sus gérmenes. Crees en cosas que no ves... Sigue, abuelo.

Cara de Liebre, sencillamente humillado por este razonamiento falaz, quedó cabizbajo y no contestó nada.

El abuelo volvió a tomar la palabra. Otras muchas veces se vio interrumpido por las preguntas de los niños, que se arrojaban los unos a los otros las dudas y sus objeciones mientras se esforzaban por seguir al abuelo en aquel mundo desaparecido que les era desconocido. Pero, con el objeto de aligerar este relato, no imitaremos a los niños y no le interrumpiremos con las reflexiones de estos.

—La muerte escarlata —contaba el abuelo— apareció cierto día en San Francisco. La primera defunción, lo recuerdo todavía, tuvo lugar un lunes por la mañana. Al día siguiente, martes, la gente caía como moscas en San Francisco y en Oakland.

»Morían por todas partes. En la cama, en el trabajo, en la calle. El jueves fui por primera vez testigo de una de estas muertes fulgurantes. La señorita Collbran, una de mis alumnas, estaba sentada frente a mí en el aula. Mientras yo hablaba, observé de pronto que su cara se ponía color escarlata.

»Dejé de hablar y la miré fijamente. Todos los demás alumnos me imitaron; ya sabíamos que, en aquel momento, el terrible azote se había introducido entre nosotros. Las muchachas, despavoridas, huyeron gritando del aula, los muchachos salieron a su vez. Todos menos dos.

»La señorita Collbran tuvo unas cuantas convulsiones poco acentuadas, que duraron más de un minuto. Uno de los muchachos le trajo un vaso de agua. Ella lo tomó, bebió un sorbo, y exclamó: "¡Mis pies! ¡Ya no siento mis pies!".

»Y al cabo de unos momentos, añadió: "¡Ya no tengo pies...! ¡O al menos, no sé si los tengo...! ¡Ahora tengo frío en las rodillas! Ya no siento las rodillas".

»Estaba tendida en el suelo, con un montoncillo de libros y de libretas sosteniéndole la cabeza. No podíamos hacer nada por ella. El entumecimiento y el frío alcanzaron la cintura; luego el corazón. Y, cuando el corazón fue alcanzado, murió.

»Yo había mirado el tiempo en el reloj. Había muerto en quince minutos. Allí, en mi propia clase. ¡Muerta! Hacía unos instantes, era una joven rebosante de vida y de salud, una muchacha fuerte y hermosa. Y habían pasado quince minutos, sí, sólo quince entre el primer síntoma del mal y el desenlace.

»Mientras yo permanecía aquel cuarto de hora en la clase con la moribunda, había sido dada la alarma en toda la universidad. Por todas partes los estudiantes, que eran más de un millar, huían de las aulas y de los laboratorios. Cuando salí para ir a presentar mi informe al decano de la facultad, encontré delante de mí un desierto. Solamente unos pocos rezagados cruzaban todavía los patios interiores en su huida hacia sus casas. Algunos corrían.

»Encontré al decano Hoag en su despacho, solo y pensativo. Me pareció más viejo y con el pelo más blanco, y que las arrugas se le marcaban en la cara de un modo anormal.

»Cuando me vio pareció recobrar el control de sí mismo. Se puso en pie y se dirigió, titubeando, hacia la puerta de su despacho, que se encontraba en el extremo opuesto a aquella por la que yo había entrado. Salió, cerró la puerta detrás suyo, y cerró con llave.

»Él sabía, ¿comprendéis?, que yo había estado expuesto al contagio, y tenía miedo. Desde el otro lado de la puerta me gritó que me fuera. Eso hice, y jamás olvidaré la terrible sensación que experimenté al volver a cruzar el patio y los pasillos desiertos. No era que tuviera ningún temor. Había estado expuesto, y me consideraba hombre muerto.

»Pero ante aquella súbita detención de la existencia que había presenciado a mi alrededor, me parecía que estaba asistiendo al fin del mundo. Aquella universidad que había sido mi vida, mi razón de ser. Mi padre había enseñado en ella antes que yo, y antes que él lo había hecho su padre. Yo había hecho allí toda mi carrera, a la que estaba predestinado desde mi nacimiento. Desde hacía siglo y medio aquel establecimiento inmenso había funcionado sin ninguna interrupción, como una máquina maravillosa. Y ahora, de repente, había dejado de vivir. La llama tres veces sacra de mi altar se había apagado. Estaba abrumado de horror, de horror inexpresable.

»Volví a mi casa. Mi ama de llaves, así que me vio, se puso a chillar y huyó. Llamé a la campanilla de la doncella. No vino nadie. También ella se había marchado. Fui a la parte trasera de la casa y me encontré en la cocina a la cocinera preparando su maleta. Profirió tremendos gritos al aparecer yo, y escapó, abandonando su maleta con todos sus efectos personales. Cruzó el jardín a todo correr sin dejar de gritar. Todavía hoy me resuenan los gritos en el oído.

»No era costumbre, hijitos, como comprenderéis, actuar de aquel modo, en los tiempos normales, con los enfermos. ¡No! La gente no perdía la cabeza de aquel modo. Se mandaba buscar a los médicos y a las enfermeras, que, con mucha tranquilidad, aplicaban al enfermo un tratamiento adecuado. Ahora, el caso era distinto. Aquel mal mataba sin errar nunca el golpe. No hubo un solo caso de curación.

»Me encontré solo en la casa, que era muy grande. Estaba esperando el regreso de mi hermano cuando sonó el teléfono. En aquellos tiempos, como ya os he dicho, la gente podía comunicase a distancia por medio de unos hilos que se tendían en el aire o que corrían bajo tierra, e incluso sin hilos. Oí la voz de mi hermano. Me decía que no volvería a casa, por miedo a contagiarse de mí, y que había llevado a mis dos hermanas a la casa de mi colega, el profesor Bacon. Me aconsejaba que me quedara tranquilamente en casa hasta saber si me había contagiado o no de la peste.

»No le negué razón, y me quedé en casa. Como tenía hambre, intenté, por primera vez en mi vida, cocinarme algo. La peste no se me manifestaba. Podía hablar por teléfono con quien quisiera. También podía comunicarme con el mundo exterior por medio de los diarios. Ordené que se me tiraran por encima de la verja de entrada.

»De ese modo me enteré de que Nueva York y Chicago estaban sumidas en el caos. Lo mismo ocurría con las grandes ciudades. La tercera parte de los policías de Nueva York había ya sucumbido. Había muerto el jefe de policía y el alcalde. Los cadáveres quedaban tendidos en la calle, allí donde caían, y quedaban insepultos. Los trenes y los barcos que habitualmente transportaban a las ciudades los víveres y todas las cosas necesarias para la vida habían dejado de funcionar, y el populacho, famélico, saqueaban las tiendas y los almacenes.

»Reinaba en todas partes el asesinato, el robo y la borrachera. Millones de personas habían abandonado ya Nueva York, así como las demás ciudades. Primero se habían marchado los ricos, en sus coches, sus aviones y sus dirigibles. Las masas les habían seguido, a pie o en vehículos de alquiler o robados, llevando la peste a los campos, saqueando y reduciendo al hambre, a su paso, a las ciudades pequeñas, los pueblos y las granjas que encontraban a su paso.

»El hombre que desde Nueva York enviaba noticias a través de toda América, el operador del telégrafo inalámbrico, estaba solo, con su instrumento, en la cima de una torre elevada. Anunciaba que los pocos habitantes que habían quedado en la ciudad, alrededor de cien mil, estaban como locos de terror y de embriaguez, y que, a su alrededor, se alzaban altas hogueras de devastación. Aquel hombre, que el deber retuvo en su puesto, algún oscuro periodista sin duda, fue, igual que los sabios inclinados sobre los tubos de ensayo, todo un héroe.

»Desde hacía veinticuatro horas, decía aquel hombre, no había llegado de Europa ningún aeroplano, ningún transatlántico. Ni siquiera ningún mensaje. El último que le había llegado procedía de Berlín, una ciudad de un país llamado Alemania. El mensaje decía que un bacteriólogo ilustre, llamado Hoffmeyer, había descubierto por fin el suero de la peste escarlata. Aquella fue la última noticia que nos llegó de Europa.

»Lo que resulta, de cualquier modo, innegable, es que el descubrimiento había llegado demasiado tarde, tanto para Europa como para nosotros. De no haber sido así, los últimos sobrevivientes americanos habrían llegado a ver, algún día, la llegada de algún grupo de exploradores curiosos, deseosos de enterarse de qué había sido de nosotros. Parecía evidente que el azote había exterminado por igual a la humanidad en ambos hemisferios, y que sólo habían sobrevivido, tanto allá como aquí, unas pocas veintenas de hombres.

»Durante un día más nos llegaron los mensajes inalámbricos de Nueva York. Luego cesaron. Sin duda el hombre que los enviaba desde lo alto de su torre había muerto, víctima de la peste escarlata; a menos que fuera consumido por un inmenso incendio que él mismo había descrito y que lo devastaba todo a su alrededor.

»Lo mismo que en Nueva York había ocurrido en San Francisco y sus alrededores. A partir del martes, la gente moría tan aprisa que los supervivientes no podían ya ocuparse de los cadáveres, que yacían por todos lados. La noche siguiente estalló el pánico, y empezó el éxodo hacia el campo.

»Imaginaos, hijitos, a columnas más numerosas que los cardúmenes de salmones que a menudo habéis visto remontar el río Sacramento; columnas de hombres que salían desbordadas de las ciudades y se derramaban en los campos en un esfuerzo inútil por huir de la muerte que corría pegada a sus talones.

»Porque se llevaban con ellos los gérmenes, esos gérmenes invisibles, queridos hijitos, de los que antes os hablaba. Incluso los aeroplanos de los ricos que huían a las montañas y los desiertos, esperando encontrar en ellos la seguridad, los transportaban en sus alas.

»Cientos de estos aeroplanos huyeron a Hawái. Se encontraron allí con la peste reinante. También eso lo supimos por los inalámbricos, hasta el momento en que no quedaron ya operadores que enviaran los mensajes. Crecía el estupor ante esta falta progresiva de comunicaciones con el resto del mundo. Parecía como si el mundo mismo dejara de existir, como si se desvaneciera hasta su extinción.

»Y hace ya sesenta años que para mí ha dejado de existir. Sé que debe haber territorios que fueron Nueva York, Europa, Asia, África. Pero nunca más, a lo largo de sesenta años, he vuelto a tener noticia alguna de esos sitios. Fue un derrumbe total, absoluto. Diez mil años de cultura y civilización se evaporaron como espuma, en un abrir y cerrar de ojos.

»Os hablaba antes de los aeroplanos de los ricos que transportaban la peste en sus alas, de tal modo que los ricos morían como los demás. Uno solo entre todos ellos sobrevivió, que yo sepa, y fue el que se casó con Mary, mi queridísima hija.

»Llegó a la tribu de Santa Rosa ocho años después del desastre. Debía tener entonces diecinueve años, y tuvo que esperar doce para casarse; ya que no había ninguna mujer que estuviera libre, y la mayoría de las muchachas, por pocos años que tuvieran, ya estaban prometidas. Por eso tuvo que esperar a que mi hija Mary alcanzara los dieciséis años. Uno de sus hijos, Correaprisa, primo vuestro, fue capturado el año pasado por un león de las montañas. Debéis acordaros...

»El hombre en cuestión, que acabó siendo mi yerno, tenía once años cuando se declaró la peste. Se llamaba Mungerson. Su padre era uno de los magnates de la industria. Era un hombre rico y poderoso. Toda su familia había volado, en su gran avión Cóndor, hacia la soledad de la Columbia británica, que está muy lejos hacia el norte.

»Hubo una avería, y el avión cayó en el monte Shasta. Debéis haber oído hablar de esa montaña, que está hacia el norte... La peste escarlata se declaró en la familia, y sólo sobrevivió aquel muchacho de once años.

»Durante ocho años vivió solo, vagando por la tierra desierta, tratando en vano de encontrar algún ser de su misma especie. A fuerza de andar hacia el sur, encontró cierto día a la tribu de los Santa Rosa, y se pegó a nosotros...

»Pero veo que voy demasiado aprisa al contaros todo esto, y que me anticipo a los acontecimientos.

»Vuelvo a momento en que empezaba el gran éxodo de las grandes ciudades y en que yo, aislado en mi casa, seguía comunicándome por teléfono con mi hermano. Le decía que no aparecía en mí ningún síntoma de la peste, y que lo mejor que podíamos hacer era reunirnos y aislarnos en algún sitio seguro. Acordamos finalmente encontrarnos en el edificio de la universidad dedicado a la escuela de química. Nos llevaríamos allí unas reservas de provisiones. Luego nos atrincheraríamos, impediríamos, así fuera por la fuerza de las armas, que nadie se nos acercara, y esperaríamos acontecimientos.

»Una vez concretado este plan, mi hermano me suplicó que permaneciera otras veinticuatro horas en la casa, para que fuera absoluta la certidumbre de que estaba indemne. Acepté, y me prometió pasar a recogerme al día siguiente.

»Estábamos hablando de los detalles de nuestro aprovisionamiento y de cómo organizaríamos la defensa de la escuela de química cuando el teléfono calló. El teléfono murió mientras hablábamos. Aquella noche no hubo ya luz eléctrica, y permanecí solo en la casa, envuelto en tinieblas.

»Ya no se imprimía ningún diario, y, por lo tanto, yo ignoraba lo que ocurría fuera. Solamente oía el ruido de los alborotos, las detonaciones de los disparos de revólver; y percibía en el cielo el resplandor de un gran incendio en dirección a Oakland. Fue una noche de angustia y no pude pegar ojo.

»En el curso de aquella noche, un individuo, ignoro en qué circunstancias exactamente, fue muerto en la acera frente a la casa. Oí de repente las veloces detonaciones de una pistola automática, y, al cabo de algunos minutos, el desdichado, arrastrándose herido hasta la puerta, llamó a ella, gimiendo y suplicando auxilio.

»Me armé de dos pistolas automáticas, bajé y me acerqué a él. Lo examiné a la luz de una cerilla a través de la reja, y vi que, mientras agonizaba de sus heridas lo atacaba al mismo tiempo la peste escarlata. Volví a entrar rápidamente a mi casa, y, durante todavía otra media hora, seguí oyendo sus lamentos y sus gritos de auxilio.

»A la mañana siguiente llegó mi hermano. Yo había puesto en una bolsa de viaje todas las pequeñas cosas de valor que quería llevarme. Pero cuando miré a mi hermano a la cara, comprendí que él no vendría conmigo: tenía la peste.

»Me tendió la mano para estrechar la mía. Retrocedí horrorizado. "Mírate al espejo", le ordené.

»Eso hizo, y, ante las llamas rojas que le incendiaban el rostro y que aumentaba de intensidad mientras se miraba, se abatió en una silla, preso de un espasmo nervioso.

»"¡Dios mío! —dijo—. ¡Estoy atacado! Hermano, no te acerques... Soy hombre muerto".

»Entonces se apoderaron de él las convulsiones. No murió sino al cabo de dos horas, y, hasta el último instante, conservó una plena lucidez mientras lo invadía la parálisis que ascendía lentamente hasta su corazón.

»Cuando hubo muerto tomé mi bolsa y me encaminé hacia la escuela de química. El espectáculo de las calles era aterrador. En todas partes tropezaba uno con cadáveres. Algunas de las víctimas de la peste no habían muerto todavía. Se las veía agonizar. Se extendían los incendios. En Berkeley todavía no había más que focos aislados, pero Oakland y San Francisco estaban barridos por las llamas. El humo oscurecía el cielo, y el mediodía parecía un sombrío crepúsculo. Por momentos, cuando soplaba el viento y desplazaba a un lado u otro aquellos humos, el sol perforaba difusamente la bruma, y se entreveía su globo, de un rojo apagado. Lo cierto, hijitos, es que aquello tenía todo el aire del fin del mundo.

»Aquí y allí, numerosos automóviles estaban inmovilizados por la falta de gasolina y de piezas de recambio en los garajes. Recuerdo especialmente uno de aquellos coches, uno en el que estaban muertos un hombre y una mujer, echados hacia atrás en sus asientos. Al lado del coche, otras dos mujeres y un niño habían bajado a la acera, y esperaban quién sabe qué.

»En todas partes se ofrecían a la mirada dolorosos espectáculos de la misma especie. Había hombres que se deslizaban furtivamente junto a los muros de las casas, silenciosos, semejantes a fantasmas. Mujeres de tez lívida llevaban a niños pequeños en brazos mientras que los padres llevaban tomados de las manos a los hijos ya un poco más crecidos y capaces de andar. Solos, en parejas o por familias, todos los habitantes huían de la ciudad de la muerte. Unos se habían cargado de provisiones. Otros llevaban mantas. La mayoría no llevaba nada.

»Pasé frente a un colmado... Un colmado, hijitos, era un sitio en donde en tiempos ordinarios se vendían alimentos. El hombre al que pertenecía, y al que yo conocía bien, era un cabeza dura; no era malo, pero sí muy terco. Defendía furiosamente la entrada de su tienda. La puerta y el escaparate estaban rotos, y él, desde detrás del mostrador, disparaba sus revólveres contra los saqueadores que intentaban entrar. Había ya varios cadáveres tendidos en el suelo.

»Mientras yo observaba desde lejos, vi a uno de los saqueadores, que había tenido que replegarse, romper el escaparate de una tienda vecina donde se vendían zapatos. Tomó lo que quiso, y luego le prendió fuego. No acudí en ayuda ni del zapatero ni del colmadero. Ya había quedado atrás el tiempo en que uno se abnegaba por los demás. Cada cual luchaba para sí.

»Mientras avanzaba velozmente por una calle en pendiente asistía a otra tragedia. Dos obreros habían atacado a un hombre y a una mujer elegantemente vestidos, que iban con sus hijos, y a los que pretendían desvalijar. El hombre atacado no me era desconocido, aunque no hubiéramos sido nunca presentados. Era un poeta célebre cuyos versos admiraba yo desde hacía tiempo. Titubeaba entre prestarle o no ayuda cuando sonó un disparo de revólver, y le vi desplomarse. Su mujer profería gritos espantosos. Uno de los dos brutos la dejó sin sentido de un puñetazo. Yo grité amenazas contra los bandidos. Al oírme, dispararon en mi dirección, y me apresuré a huir, volviendo la primera esquina.

»Pero allí me detuvo el incendio. A derecha e izquierda, las casas ardían, y estaban llenas de llamas y de humo. En algún punto en las rojas tinieblas, se oían los penetrantes chillidos de una mujer que pedía auxilio. No me ocupé de ella, entre tantas escenas semejantes y tantas llamadas desgarradoras, el corazón del mejor de los hombres se hacía duro como una roca.

»Volví sobre mis pasos, y vi que los dos obreros asesinos se habían marchado. El poeta y su mujer yacían muertos en la acera. Era un espectáculo horrible. Los dos niños habían desaparecido. ¿Dónde estaban? No podía saberlo. Y ahora comprendía por qué los que huían se deslizaban tan furtivamente junto a los muros con sus pálidas caras.

»En el corazón mismo de nuestra civilización, en los bajos fondos y los guetos del trabajo, habíamos permitido que creciera una raza de bárbaros que ahora se volvían contra nosotros, en nuestra desgracia, como animales salvajes que quisieran devorarnos.

»Aquellas bestias, por lo demás, también se destruían entre sí. Se quemaban el cuerpo con bebidas fuertes y se entregaban a mil atrocidades, luchando unos contra otros y matándose entre sí en medio de una demencia total.

»Reanudé mi camino y me encontré con otro grupo de obreros, de mejor temple, que se habían agrupado; llevaban en medio de ellos a sus mujeres, transportaban en camillas a sus viejos y sus enfermos, y de ese modo se abrían paso hacia el exterior de la ciudad, llevándose un carro de provisiones tirado por caballos.

»No pude dejar de admirar el orden de su marcha, pese a que dispararon contra mí cuando nos cruzamos. Uno de ellos me gritó que iban matando a su paso a todos los saqueadores y ladrones que se encontraban, ya que era el único medio que tenían de defenderse.

»Entonces se produjo una escena que iba a ver repetirse varias veces. Uno de los hombres del grupo se mostró de repente marcado por el signo infalible de la peste. Todos los que estaban cerca de él se apartaron enseguida. Y él, sin irritarse, salió de las filas y dejó que los demás siguieran su camino.

»Una mujer, seguramente su esposa, que llevaba de la mano a un niño, intentó no abandonarlo. Pero el hombre le ordenó que siguiera, mientras los demás hombres, asiéndola, le impedían que se separara de ellos, y la hacían avanzar a rastras. Vi esto, y vi cómo el marido, cuya cara llameaba de color escarlata, se retiraba dentro de un portal. Luego oí la detonación de su revólver, y cayó muerto.

»Tras verme obligado por el incendio a retroceder sobre mis pasos otras dos veces, conseguí llegar a la universidad.

»Al entrar en el patio principal me topé con un grupo de universitarios que se dirigían como yo hacia la escuela de química. Todos ellos eran padres de familia, y les acompañaban los suyos, incluyendo las ayas y los criados.

»El profesor Badminton me saludó, y me costó un poco reconocerle: había atravesado las llamas de un incendio y se le había chamuscado la barba. Una venda teñida de sangre le envolvía el cráneo, y toda su ropa estaba sucia y en desorden. Me contó que había sido cruelmente maltratado por unos saqueadores, y que la noche anterior su hermano había caído muerto mientras defendía sus bienes.

»A medio cruzar el patio, me señaló de pronto con la mano la cara de la señorita Swinton. En ella estaba marcado el signo inequívoco de la peste. Enseguida todas las mujeres presentes se echaron a gritar y se alejaron corriendo de ella. Sus dos hijos, acompañados por sendas ayas, huyeron también de su lado. Pero su marido, el doctor Swinton, permaneció junto a ella.

»"Siga su camino, Smith —me dijo—. Cuide de mis hijos; yo me quedaré con mi mujer. No ignoro que es ya como si estuviera muerta, pero no puedo abandonarla. Cuando haya muerto, y si no me contagio, iré a reunirme con ustedes a la escuela de química. Vigile mi llegada y permítame entrar".

»Lo dejé inclinado sobre su mujer, aliviándole con su presencia sus últimos momentos, y corrí a unirme al grupo.

»Fuimos los últimos en ser admitidos en la escuela de química. Las puertas se cerraron detrás nuestro, y, armados con rifles, vigilamos para alejar a partir de entonces a cualquiera que se presentara. Ni el doctor Swinton, cuando se presentó, habiendo transcurrido una hora, fue admitido.

»Se había acondicionado aquel refugio para alojar a unas sesenta personas, pero cada uno de los que allí se habían citado había traído consigo a sus parientes y amigos, y a familias enteras; de modo que éramos más de cuatrocientos. Afortunadamente los locales eran espaciosos, y no había apretujamiento entre toda aquella gente. Además, como la escuela estaba completamente aislada, no había que temer los incendios que devastaban la ciudad.

»Habíamos reunido abundantes provisiones alimenticias, que un comité se encargó de repartir diariamente entre las familias y los grupos, que constituíamos otras tantas mesas. Se formaron otros comités con fines diversos. Yo entré a formar parte del comité de defensa.

»El primer día no se acercó ningún merodeador ni saqueador. Eran numerosos, sin embargo, y, por las ventanas, veíamos el humo de las hogueras de sus campamentos, que estaban instalados alrededor de la escuela en todas direcciones. Reinaba la borrachera entre los bandidos, y les oíamos incesantemente cantar obscenidades y aullar como locos. Mientras el mundo se derrumbaba a su alrededor, envueltos por la atmósfera asfixiante, saturada de humo, daban rienda suelta a su brutalidad, se emborrachaban y se mataban entre sí. Quizá, a fin de cuentas, tuvieran razón. No hacían otra cosa que anticipar la muerte. Todos, el bueno y el malvado, el fuerte y el débil, el que amaba la vida y el que la maldecía, todos, todos acababan muriendo.

»Al cabo de veinticuatro horas, constatamos con satisfacción que no se había manifestado entre nosotros ningún síntoma de peste, e iniciamos la perforación de un pozo para obtener agua. Todos vosotros habéis visto esos grandes tubos de hierro que, en los tiempos de que os hablo, llevaban el agua a los habitantes de las ciudades. El incendio había hecho ya que la mayor parte estallaran, y los grandes depósitos que los alimentaban estaban secos. Por esto reventamos el enlozado cimentado del patio principal de la escuela, y perforamos un pozo. Había entre nosotros muchos jóvenes hombres, estudiantes en su mayoría, y trabajamos noche y día. Nuestros temores estaban justificados. Tres horas antes de que nuestro pozo quedara terminado, la poca agua que todavía nos llegaba dejó de llegar.

»Transcurrió un segundo período de veinticuatro horas, y la peste seguía sin haber hecho su aparición entre nosotros. Creíamos que estábamos salvados. Ignorábamos entonces los números exactos de días de incubación de la enfermedad. Imaginábamos, en base a la velocidad con que mataba una vez que se había manifestado, que su desarrollo interno debía ser también muy rápido. De modo que, al cabo de dos días, pensábamos de buena fe que nos habíamos salvado del contagio. Pero el tercer día nos aportó un cruel desengaño.

»La noche que lo precedió, noche que jamás olvidaré, hice mi ronda de guardia desde las ocho de la tarde hasta medianoche. Desde los tejados de la escuela, asistí a un espectáculo inaudito. San Francisco proyectaba hacia arriba sus llamas y su humo como un volcán en actividad. La erupción crecía de intensidad de hora en hora, envolviendo el cielo y la tierra en su resplandor ardiente. Las llamas eran tales que ahora todo el humo estaba iluminado por ellas y que, a la luz del incendio, se podían leer hasta los más menudos carteles de imprenta.

»Oakland, San Lorenzo y Haywards formaban un solo horno, y, hacia el norte, surgían nuevos fuegos hasta el cabo de Richmond. El mundo se abismaba en una mortaja de llamas. Los grandes polvorines del cabo Pinole estallaron, en terribles explosiones que se sucedían velozmente. La escuela, pese a ser de sólida construcción, se vio sacudida desde los cimientos hasta el tejado, como bajo los efectos de un temblor de tierra, y todos sus vidrios se rompieron.

»Bajé entonces de los tejados y recorrí los largos pasillos, yendo de cuarto en cuarto a explicar lo ocurrido, tranquilizando a las mujeres asustadas.

»Una hora más tarde se produjo un gran alboroto en los campamentos de los saqueadores. Se oían gritos de toda clase, gritos y amenazas y quejas mezclados con disparos de revólver. Supusimos inmediatamente, acertamos en ello, que aquella batalla tenía por causa el intento por parte de la gente que estaba sana entre ellos de alejar a los que estaban atacados por la plaga.

»Varios de los que habían sido expulsados de ese modo acudieron a las puertas de la escuela. Les dijimos que siguieran su camino. A modo de respuesta, nos insultaron y dispararon contra nosotros. El profesor Merrywether, que se encontraba en una de las ventanas de la planta baja, fue alcanzado por una bala de pistola entre los dos ojos, y cayó muerto en redondo.

»Replicamos con una descarga, y los agresores huyeron, salvo tres, entre los que había una mujer. La peste los había señalado ya para la muerte, de modo que no temían exponer su vida. Con sus caras escarlatas brillando al reflejo del rojo cielo, semejantes a diablos impúdicos, seguían insultándonos y disparando contra nosotros.

»Yo mismo maté a uno de un disparo. Después el otro hombre y la mujer se tendieron en la acera, frente a nuestra ventana, y tuvimos que asistir a su agonía.

»Nuestra situación se hacía muy peligrosa: los gérmenes de la peste que emanaban aquellos cadáveres iban a entrar libremente por las ventanas desprovistas de vidrios. Se decidió que el comité de salud tomara las medidas que fueran necesarias, y respondió noblemente a su tarea. Fueron designados dos hombres para salir de la escuela y llevarse los dos cadáveres. Para ellos, eso era el sacrificio casi seguro de la vida. Ya que, una vez cumplida la tarea, no debían volver a nuestro refugio.

»Uno de los profesores, que era soltero, y un estudiante se ofrecieron de voluntarios. Se despidieron de nosotros, y se marcharon. ¡También ellos fueron héroes! Dieron sus vidas para que otras cuatrocientas personas pudieran vivir. Salieron, permanecieron unos momentos junto a los dos cadáveres, mirándonos, pensativos; luego movieron las manos en un último signo de adiós, y partieron lentamente hacia la ciudad en llamas, arrastrando los dos cadáveres.

»Todas las precauciones fueron inútiles. A la mañana siguiente, la peste causó su primera víctima entre nosotros. Fue una joven nodriza de la familia del profesor Stout. No eran momentos propicios para el sentimentalismo. Con la esperanza de que fuera la única persona contagiada, le intimamos a que se fuera, y la echamos. Obedeció, y se alejó lentamente, retorciéndose las manos de desesperación y sollozando lastimosamente. No dejaba de afectarnos la brutalidad de nuestro acto; pero ¿qué otra cosa se podía hacer? Había que sacrificar al individuo para salvar a la masa.

»Pero la cosa no terminó ahí. Tres familias habían elegido alojarse juntas en uno de los laboratorios de la escuela. Por la tarde encontramos entre ellos cuatro cadáveres, y siete casos de peste en grados distintos.

»A partir de aquel momento, el horror se apoderó de la casa. Los cadáveres fueron abandonados allí donde estaban, y obligamos a los supervivientes de aquellas familias a aislarse en otra habitación. Las familias estaban contagiadas. En cuanto se manifestaba el síntoma de la peste, encerrábamos a las víctimas en un cuarto de aislamiento. Y la gente tenía que meterse en ellos por su propia voluntad, sin que tuviéramos que tocarlos. Era algo que revolvía el estómago.

»Pero la peste seguía ganando terreno. Todas las habitaciones aisladas iban llenándose, una tras otra, de los muertos y los moribundos. Los que todavía estábamos sanos, abandonamos el primer piso y nos replegamos en el segundo. Luego en el tercero, cediendo ante la marea de muerte que, habitación tras habitación y piso a piso, iba sumergiendo a todo el edificio.

»La escuela no tardó en convertirse en un osario, y, la noche siguiente, los supervivientes la abandonamos, sin llevarnos otra cosa que armas, municiones y una buena provisión de conservas.

»Primero acampamos en el patio principal, y, mientras algunos montaban guardia junto a las provisiones, otros partieron en exploración hacia la ciudad, en busca de caballos y coches, carretas y automóviles o cualquier vehículo que nos permitiera llevarnos el máximo posible de víveres. Luego, imitando a los grupos de obreros que habíamos visto, trataríamos de abrirnos paso hacia el campo.

»Íbamos en grupos de dos. Me acompañaba Dombey, un estudiante. Teníamos que recorrer alrededor de media milla a través de la ciudad para llegar al antiguo domicilio del doctor Hoyle. En aquel barrio las casas estaban separadas unas de otras por jardines, arboledas y macizo césped, y el fuego, como burlándose, había destruido al azar.

»Aquí un grupo entero de casas, incendiadas por pavesas transportadas por el viento, habían ardido. Allí, otras casas habían quedado completamente intactas.

»Allí, como en todas partes, actuaban los saqueadores. Dombey y yo empuñábamos nuestras pistolas automáticas de tal modo que todo el mundo las viera, y teníamos un aire tan resuelto y tan poco amigable que nadie con quien nos cruzamos se atrevió a atacarnos.

»La casa del doctor Hoyle parecía no haber sido todavía afectada por el fuego. Pero empezó a salir humo de ella justo en el momento en que entramos en el jardín.

»El bandido que había incendiado la casa, tras bajar las escaleras tambaleándose, borracho y con los bolsillos llenos de botellas de *whisky*, salió del pasillo de entrada y se mostró en el umbral. Mi primera intención fue la de abatirlo a tiros. No lo hice, y siempre he lamentado no hacerlo.

»Aquel individuo de piernas temblequeantes, hablándose a sí mismo, con los ojos inyectados en sangre y con dos cortes sangrantes en la cara hirsuta, procedentes, sin duda, de algún vidrio roto sobre el que debía haberse caído, era, indudablemente, el espécimen más repugnante de la degradación humana.

»Cuando cruzaba el césped en dirección a la calle, en el momento de cruzarse con nosotros, fingió apoyarse contra un árbol para dejarnos paso; pero, justo cuando pasábamos delante suyo, sacó de pronto su pistola, apuntó, y mató a Dombey de un balazo en la cabeza. Fue un asesinato gratuito, ya que no lo amenazábamos. Lo abatí acto seguido, pero era demasiado tarde. Dombey había muerto fulminantemente, sin siquiera proferir un grito, y dudo que se diera cuenta siquiera de lo que ocurría.

»Abandoné los dos cadáveres y corrí a la parte trasera de la casa en llamas. En el garaje encontré, efectivamente, el automóvil del doctor Hoyle. Tenía el depósito lleno de gasolina, y lo único que tuve que hacer fue poner el coche en marcha. Regresé con él, a toda velocidad, cruzando la ciudad en ruinas, al campamento de los supervivientes.

»Los otros exploradores fueron volviendo. Habían sido menos afortunados que yo. Solamente el profesor Fairmead había logrado encontrar un póney Shetland. Pero la pobre bestia, que había permanecido varios días abandonada en su cuadra, estaba tan débil por falta de alimentos y de agua que no estaba en condiciones de transportar ningún peso. Algunos propusieron que le devolviéramos la libertad, pero yo insistí en que nos lleváramos el animal, con el objeto de que en caso de necesidad pudiera servirnos de alimento.

»Éramos cuarenta y siete cuando nos pusimos en camino. Había entre nosotros muchas mujeres y niños. En el automóvil montó en primer lugar el decano de la facultad, un anciano que estaba completamente abatido por los terribles acontecimientos. Después subieron varios niños y la madre, muy anciana, del profesor Fairmead. Wathrope, un profesor de lengua inglesa, que estaba gravemente herido en una pierna, tomó el volante.

»El resto de los del grupo íbamos a pie. El profesor Fairmead tiraba al póney de la brida.

»El día en que estábamos hubiera debido ser una espléndida jornada veraniega. Pero los torbellinos de humo de aquel mundo en llamas seguían velando el cielo con una densa cortina, tras la cual el siniestro sol no era otra cosa que un disco muerto de un rojo sanguinolento. A lo largo de varios días nos habíamos ido habituando a aquel sol de sangre. Pero el humo nos dañaba la nariz y los ojos, que teníamos enrojecidos y lagrimeantes.

»Orientamos nuestra marcha hacia el sudeste, cruzando las millas inacabables y llenas de vegetación de los alrededores de la ciudad, en donde se sucedían en forma ininterrumpida residencias encantadoras o soberbias.

»Avanzamos con dificultad y lentitud. Las mujeres y los niños, sobre todo, nos retrasaban. Entonces, ¿sabéis, hijitos?, todos habíamos perdido más o menos el hábito de andar. Teníamos demasiados vehículos a nuestra disposición. Yo volví a aprender a andar después de la peste, pero entonces era como los demás.

»Avanzábamos, pues, lentamente, ajustando cada cual su paso al de los demás para mantener la cohesión del grupo. Los saqueadores eran ya menos numerosos. Muchas de aquellas bestias carroñeras habían muerto. Pero los que quedaban eran todavía una perpetua amenaza para nosotros.

»Muchas de las hermosas residencias ante las que pasábamos estaban intactas. No nos olvidábamos de visitar sus garajes, con la esperanza de encontrar más automóviles o gasolina. Pero no tuvimos suerte. Todo lo que podía ser útil se lo habían llevado ya.

»En el curso de esos registros perdió la vida Calgan, un simpático joven. Lo mató un saqueador oculto detrás de un arbusto. Esa muerte fue el último accidente de esa especie. Todavía hubo otro animal que disparó a propósito contra nosotros. Pero tiraba tan estúpidamente, cegado por una furia demente, que pudimos abatirlo antes de que nos hubiera causado ningún daño.

»En Fruitval, uno de los sitios más hermosos de las afueras, la peste escarlata atacó a uno de nosotros. La víctima fue el profesor Fairmead. En cuanto se dio cuenta de que estaba apestado, nos hizo entender por medio de signos que su madre, que estaba en el automóvil, no debía enterarse. Luego se apartó de nosotros y fue a sentarse, desesperado, en los escalones de la escalera de una magnífica casa de campo que estaba allí. Yo iba a la retaguardia de nuestro grupo, y, con la mano, le hice el último signo de adiós.

»Durante aquel día, otros cinco de nuestro grupo corrieron la misma suerte. Pero no detuvimos nuestra marcha, y, al anochecer, acampamos a varias millas de Fruitval. Diez de los nuestros murieron esa noche, y, cada vez, tuvimos que levantar el campamento para apartarnos de los muertos. A la mañana siguiente ya sólo éramos treinta.

»En el curso de la primera etapa fue atacada por la peste la mujer del decano de la facultad, que iba a pie. Su desdichado marido, viéndola alejarse, quiso de todos modos bajarse del coche y quedarse con ella, hicimos todo lo posible para disuadirle, pero, finalmente, tuvimos que ceder a su voluntad.

»La segunda noche de nuestro viaje acampamos en pleno campo. Once habían muerto en el curso del día, y otros tres murieron durante la noche, de modo que a la mañana siguiente solo quedábamos once. Ya que Wathrope, el profesor de la pierna herida, había huido con el automóvil, llevándose consigo a su madre, y casi todas nuestras provisiones.

»Fue aquel día cuando, sentado en la cuneta de la carretera para descansar, vi el último aeroplano. El humo era en el campo mucho menos denso, y vi que el avión parecía dar vueltas sin rumbo por el cielo, completamente desamparado, a una altitud de doscientos pies. ¿Qué le había ocurrido? No sabría decirlo. Al cabo de unos momentos comenzó a descender aceleradamente. Luego, el depósito de gasolina del avión estalló, y el avión, tras vacilar todavía unos momentos sobre sus alas, cayó perpendicularmente al suelo, como un bloque de plomo.

»Desde aquel día, no he vuelto a ver ningún aeroplano. Muy a menudo, durante los años que siguieron, escruté el cielo, esperando, contra toda esperanza, ver aparecer alguno anunciando que, en algún punto del ancho mundo, había sobrevivido un islote de la antigua civilización. Pero nada: lo que ocurrió en California ocurrió también en el universo entero.

»En Niles, al día siguiente, ya éramos tres, y en la mitad de la carretera encontramos a Wathrope. El automóvil estaba destrozado, y, en unas mantas que había tendidas en el suelo, yacían muertos Wathrope, su madre y su hermana.

»Aquella noche dormí profundamente. Aquellas marchas forzadas me habían abrumado de cansancio. Cuando desperté, estaba solo en el mundo. Canfielf y Parsons, mis dos compañeros, habían sido víctimas de la peste. De las cuatrocientas personas que se habían refugiado conmigo en la escuela de química, y de las cuarenta y siete que seguían viviendo al comienzo de nuestro éxodo, quedaba yo solo, con el póney Shetland.

»¿Por qué razón? No intentaré dar ninguna. No me contagié. Eso es todo. Había tenido una posibilidad entre un millón, o, mejor dicho, contra varios millones. Ya que tal fue la proporción de los que, como yo, sobrevivieron.

»Durante dos días acampé en un delicioso bosque, lejos de cualquier cadáver. Allí, aunque estaba muy deprimido y pensaba que mi turno de morir llegaría de un momento a otro, recobré en parte mis fuerzas. Lo mismo le ocurrió al póney.

»El tercer día, cuando empecé a convencerme de que, decididamente, estaba inmunizado, cargué al póney con la pequeña provisión de conservas que me quedaba, y reanudé mi camino a través de un mundo desolado. No encontré ningún ser vivo: ni hombre ni mujer ni niño. Solamente cadáveres.

»No faltaban los alimentos naturales. La tierra no era entonces como hoy. Estaba liberada del exceso de árboles y de las plantas inútiles, y estaba bien cultivada en todas partes. Tenía a mi alrededor lo suficiente para alimentar a varios millones de bocas. Y aquellos alimentos, maduros y en su punto, se perdían. Yo los cosechaba a voluntad, en los campos y en los huertos: frutas, legumbres, bayas y granos de todas clases. En las granjas abandonadas encontraba huevos recién puestos, y cogía pollos. En los armarios tenía a mi disposición numerosas conservas.

»Fue muy extraño lo que ocurrió con los animales domésticos. Volvían al estado salvaje y se devoraban los unos a los otros. Las gallinas, los pollos y los patos fueron los primeros en ser destruidos. Los cerdos, en cambio, se adaptaron estupendamente a la nueva forma de vida, y lo mismo con los gatos y perros. Estos últimos no tardaron en convertirse en verdaderos azotes, ya que eran numerosísimos. Devoraban a los cadáveres y no dejaban de aullar de día y de noche.

»Primero actuaron solos, recelando de los congéneres con que se encontraban y prontos a entrar en combate con ellos. Al cabo de poco tiempo, sin embargo, se fueron uniendo, formando jaurías. El perro es un animal sociable por naturaleza, y, al faltarle la compañía del hombre, buscó la de sus semejantes.

»Había, antes de los últimos días del mundo, numerosísimas especies de perros: perros de pelo corto y perros de abundante pelaje; perros pequeñitos, tan pequeños que hubieran sido sino un bocado para los grandes, y robustos como los leones de las montañas. Todos los gozquecillos y perritos pequeños, demasiado débiles para el combate, fueron pronto muertos por sus congéneres. Las especies de muy gran tamaño tampoco se adaptaron a la vida salvaje. Finalmente sólo subsistieron los perros de tamaño medio, mejor constituidos y más adaptables a la nueva vida que se les imponía. Hablo de los perros lobos, que conocéis perfectamente, y que corren hoy por los campos.

—Y los gatos —preguntó Hu-Hu—, ¿por qué no van en jaurías como los perros? ¿Por qué, abuelo?

—El gato —respondió el abuelo— no es un animal sociable. Recuerdo que un gran escritor que vivió en el siglo XIX lo proclamó; el gato es un ser solitario. Antes de que el hombre lo atrajera y lo domesticara, en el curso de la civilización pasada, el gato vivía solo. Al hundirse esta civilización, volvió a su libertad y su aislamiento.

»También el caballo volvió al estado salvaje. Todas las distintas y hermosas especies que el hombre poseía y criaba en otros tiempos han degenerado y se han fundido en un tipo único, el mustang que conocéis. Eso mismo ocurrió con las vacas, las cabras y, entre las aves domésticas, las palomas. En cuanto a las gallinas y los gallos, los que han sobrevivido no se parecen ya en nada a las aves de corral de los viejos tiempos.

»Pero vuelvo al hilo de mi historia. Avanzaba, pues, por un mundo desierto. A medida que iba pasando el tiempo, iba suspirando cada vez más por encontrar otros seres humanos. Pero no daba con ninguno, y me sentía cada vez más solo. Crucé el valle de Livermore, y luego las montañas que lo separan de las alturas del valle de San Joaquín. Vosotros, hijitos, no habéis visto nunca ese valle. Es inmenso y magnífico, y hoy está poblado de caballos salvajes que viven allí en grandes manadas de miles y miles de cabezas.

»Volví allí hace cosa de treinta años, y era tal como os digo. Vosotros, hijitos, imagináis que los caballos salvajes abundan en los valles costeros que frecuentáis; pues bien, eso no es nada si se compara con las inmensas manadas del valle de San Joaquín. Y fijaos: las vacas, una vez que volvieron al estado salvaje, se establecieron en valles menos altos y más templados, donde podían protegerse del frío.

»A medida que me alejaba de los grandes centros urbanos, me encontraba cada vez con pueblos y ciudades intactas. Los saqueadores y los incendiarios habían fluido allí en menor abundancia. Pero todas esas poblaciones estaban atestadas de cadáveres de apestados, y yo tenía buen cuidado de evitarlos.

»Cerca de Lathrop, para burlar mi soledad, recogí un par de perros culíes, que parecían muy desconcertados con su libertad reencontrada y que volvieron de buena gana y alegremente a la obediencia del hombre. Estas bestias me hicieron luego compañía durante muchos años, y sus instintos eran los mismos de los de vuestros perros. Pero a lo largo de sesenta años vuestros perros han perdido toda educación ancestral, y se parecen más que a otra cosa a lobos domesticados.

En aquel momento, Cara de Liebre se puso de pie y arrojó una mirada a las cabras, para comprobar que no les hubiera ocurrido nada malo. Luego observó la posición del sol, que empezaba a acercarse al horizonte, y manifestó cierta impaciencia ante la suma abundante de detalles en que se demoraba el viejo. Edwin se unió en la solicitud dirigida al anciano de aligerar un poco el relato.

—Ya no me queda gran cosa por contaros —reanudó el viejo—. Acompañado de mis dos perros, mi póney, que me servía de bestia de carga, y un caballo que había conseguido capturar y que empleaba como montura, dejé el valle de San Joaquín y llegué al otro lado de la sierra, no menos magnífico, llamado valle de Yosemite.

»Encontré allí, en el Gran Hotel, gran cantidad de conservas de todas clases. Abundaba la caza de los patos de los alrededores, y el río que brincaba torrencialmente en el fondo del valle estaba repleto de truchas.

»Permanecí tres años en aquel sitio, en una soledad absoluta, cuya profunda melancolía sólo puede ser comprendida por el hombre que ha conocido la grandeza y el encanto de la civilización. Luego llegó el día en que ya no pude seguir soportando aquel aislamiento. Me parecía que me estaba volviendo loco. Yo era, como el perro, un animal sociable, y no podía vivir sin la compañía de otros seres de mi misma especie.

»Por medio del razonamiento me convencí de que, si yo había sobrevivido a la peste escarlata, había posibilidades de que algunos otros hombres hubieran escapado de ella igual que yo. Pensé, además, que, al cabo de tres años, todo germen maligno debía haber desaparecido, y que la Tierra, sin duda alguna, era de nuevo habitable.

»Monté en mi caballo, y, acompañado, como siempre, por mis dos perros y mi póney, me puse en camino. Crucé de nuevo el valle de San Joaquín, y, abandonando las montañas, descendí una vez más al valle de Livermore.

»Era asombrosa la transformación que se había operado en todas las cosas en el curso de tres años. Apenas reconocí el territorio. Ayer estaba primorosamente cultivado, y hoy estaba invadido de un océano de vegetación salvaje y vigorosa que había sumergido el trabajo de los antiguos agricultores.

»Daos cuenta, hijitos, de que el trigo, las distintas legumbres y los árboles que nos daban frutos, cuidados diestramente por la mano del hombre desde tiempos inmemoriales, eran dulces y tiernos. En cambio, las malas hierbas y los matorrales espinosos, a los que el hombre había siempre combatido, eran de raza más dura y resistente. De modo que, cuando la mano del hombre faltó, esta segunda vegetación fue triunfando y ahogó a la primera.

»Encontré igualmente a numerosos coyotes, que se habían multiplicado increíblemente; luego, grupos de lobos que iban de dos en dos o de tres en tres y que, como yo, bajaban de la montaña a los territorios de donde en otros tiempos habían sido expulsados.

»Fue en el lago Temescal, no lejos de lo que en otro tiempo había sido la ciudad de Oakland, donde encontré a los primeros seres humanos supervivientes.

»¡Ah, hijos míos! ¿Cómo podría transmitiros mi emoción cuando, montado en mi caballo, mientras bajaba la colina que domina el lago, percibí el humo de un fuego de campamento elevándose entre los árboles? Mi corazón dejó casi de latir, y me pareció que se me extraviaba la razón. Luego el llanto de un niño pequeño, de un ser humano. Ladraron algunos perros, y los míos replicaron. Había creído durante largo tiempo que era el último sobreviviente en la Tierra tras el inmenso desastre. Y ahora percibía el humo y el llanto de un niño.

»Al poco rato en el borde del lago, delante de mí, a no menos de cien yardas, vi a un hombre ponerse de pie. No era ningún ser escuálido o enfermo, no: parecía gozar de excelente salud, y, erigido encima de una roca que entraba en el lago, se dedicaba a pescar.

»Detuve mi caballo y grité. El hombre, que se había vuelto, no contestó. Agité la mano, saludándole. Tampoco contestó a mi ademán. Entonces sepulté la cara entre las manos. No me atrevía a levantar la cabeza y mirar. Me parecía haber sido víctima de una alucinación, y en el momento en que alzara la mirada todo habría desaparecido. Temí destruir aquella visión maravillosa, mientras no la desvaneciera mirando subsistía en mi pensamiento.

»Permanecí, pues, inmóvil hasta el momento en que me sacaron de mi ensueño los gruñidos de mis perros y la voz del hombre, que me hablaba. ¿Sabéis qué decía la voz? ¿No, verdad? Pues bien, decía: "¿De dónde demonios vienes?".

»Sí, Cara de Liebre, tales fueron textualmente las palabras que oí pronunciar, a modo de bienvenida, en la orilla del lago Temescal, hace exactamente cincuenta y siete años. Y jamás otras palabras me habían parecido más dulces. Abrí los ojos.

»Vi ante mí a un hombre de elevada estatura, de mirada hosca y dura, de sólidas mandíbulas y frente huidiza. Me dejé caer, más que bajé, del caballo, y lo único que sé es que al cabo de unos instantes estrechaba mis manos entre las suyas mientras lloraba. Le había abrazado.

»El hombre no devolvió mis efusiones. Me arrojó una mirada suspicaz, y se alejó de mí. Corrí tras él, me aferré a sus manos y volví a sollozar.

Ante aquel recuerdo la voz del anciano pareció quebrarse, y corrieron lágrimas por sus mejillas. Mientras los muchachos lo observaban, entre risitas, él prosiguió:

—Deseaba estrecharlo entre mis brazos, cubrirlo de besos. Y él no quería nada de eso. Era un bruto, un perfecto bruto. Era el tipo más antipático que uno puede imaginarse. Se llamaba... ¿Cómo diablos se llamaba? No me acuerdo de su verdadero nombre. Pero le llamaba el Chófer. Era el nombre de su antigua profesión, y lo había conservado. Y por eso la tribu que fundó se llama la tribu de los Chóferes.

»Era un mal sujeto, violento e injusto. Jamás he comprendido por qué la peste escarlata le perdonó. Viéndole, parecía como si, a pesar de nuestras risibles lecciones de filosofía, no hubiera justicia en el universo. Ahora que no podía ya hablar de automóviles, motores y combustibles era incapaz de decir nada, salvo jactarse de las jugarretas indignas de que había hecho víctima a sus antiguos patronos, y contaba cómo les robaba y engañaba. En ese tema sus reservas eran inagotables, y se vanagloriaba de sus maldades. Y, sin embargo, se había salvado, mientras millones de miles de millones de hombres mejores que él habían muerto.

»Le seguí hasta su campamento. Allí conocí a su mujer.

»¡Y aquello sí que era asombroso y penoso! Reconocí a la mujer. Era Vesta Van Warden, que había sido la mujer del banquero John Van Warden. Sí, era ella misma, vestida de harapos y cubierta de cicatrices, con las manos encallecidas y deformadas por los trabajos más duros, la que estaba inclinada sobre el fuego del campamento y cocía la comida como un simple pinche de cocina. ¿Vesta Van Warden, nacida entre la pompa y la opulencia del más poderoso barón de las finanzas que el mundo conociera?

»Su padre, Philip Saxon, había sido hasta su muerte presidente de los magnates de la industria. Sin ninguna duda, de haber tenido un hijo, ese hijo le habría sucedido, del mismo modo que un retoño regio hereda la corona. Pero sólo había tenido aquella hija, flor perfecta de la gracia y la cultura de nuestra vieja civilización. Al casarse con ella, John Van Warden, hombre riquísimo, recibió de Philip Saxon la investidura de su título, a lo que él añadió el título de primer ministro del Control Internacional de los Pueblos; y había gobernado, de hecho, el mundo durante varios años. ¿Había Vesta amado realmente a su marido? ¿Había sentido por él esa loca pasión cantada por los poetas? Lo dudo. Fue, ante todo, un matrimonio político, como los que se hacían en las viejas cortes.

»¡Y era aquella mujer la que cocinaba el guiso de pescado en una vieja lata sucia de hollín! ¡Y el humo acre que revoloteaba al viento irritaba y enrojecía sus ojos maravillosos!

»Su historia era triste. Igual que el Chófer y que yo mismo, se había contado entre los escasísimos supervivientes de la peste. Van Warden había construido, en una de las colinas que dominaban la bahía de San Francisco, un soberbio palacio de verano rodeado de un parque inmenso. Van Warden envió allí a su mujer en cuanto se declaró la plaga. Unos guardianes armados hasta los dientes impedían a todo el mundo la entrada a la propiedad, y nada penetraba en ella, ya fueran víveres, ya cartas, que no hubiera sido previamente desinfectado cuidadosamente.

»La peste entró, sin embargo, y atacó a los guardianes en sus puestos y a los criados en sus tareas, y barrió a todo el ejército de intendentes y servidores, o, al menos, a todos aquellos de sus miembros que no habían huido para ir a morir a otra parte. De este modo, Vesta acabó siendo la única persona viva en el osario de su palacio.

»El Chófer era uno de los antiguos criados que habían huido. Volvió a la propiedad al cabo de dos meses, y encontró allí a la joven, en un pequeño pabellón del parque donde se había instalado.

»Asustada ante la vista de aquel bruto, la muchacha huyó, escondiéndose entre los árboles. Erró de un lado a otro durante todo el día y toda la noche, aquella joven cuyos tiernos pies y cuyo cuerpo delicado no había conocido nunca la dureza de las piedras ni el roce sangriento de las espinas. El Chófer la persiguió, y la capturó cerca del amanecer.

»Se puso a golpearla. Me entendéis, ¿no es cierto? Golpeaba a la frágil mujer con sus enormes puños. Quería que, en adelante, ella le obedeciera en todo. Pretendía que a partir de entonces fuera su esclava. Ella recogería la leña para el fuego, cocinaría y se ocuparía de los trabajos más viles. Ella, que en toda su vida no había sabido lo que era ejercer el trabajo manual. Y ella obedeció. Soportó su amor y se convirtió en su criada. Mientras, él, que era un auténtico salvaje, descansaba todo el día, daba órdenes a su esclava y vigilaba que las ejecutara. Aparte de ocuparse en cazar y pescar, aquel vago estaba mano sobre mano todo el santo día.

Cara de Liebre asintió, y declaró, dirigiéndose a los otros muchachos:

—Así era justamente el Chófer. Yo lo conocí antes de su muerte. Era un hombre fuera de lo común. Para distraerse, construía mecanismos que funcionaban solos. Mi padre se casó con su hija. Les daba palizas a ambos, y también a mí, siendo yo muy pequeño. Todo el mundo tenía que obedecerle. Era una bestia asquerosa. Cuando se estaba muriendo, me acerqué demasiado a él, y tomó un tremendo palo que tenía siempre al alcance de su mano y estuvo a punto de romperme la cabeza.

Ante este recuerdo retrospectivo, Cara de Liebre se frotó su redondo cráneo como si le doliera todavía, mientras los otros dos niños le miraban con interés y el viejo, con la mirada alzada al cielo, se musitaba a sí mismo quién sabe qué cosas relativas a Vesta Van Warden, la *squaw* que había fundado la tribu de los Chóferes.

—No podéis comprender, hijitos —prosiguió el anciano—, todo el horror de la situación. El Chófer era, ayer todavía, lo que se llamaba un criado. Es decir, se pasaba la vida obedeciendo, agachando la cabeza y haciendo reverencias ante la que ahora se había convertido en su esclava. Ella era una reina de la vida, por nacimiento y por matrimonio. De su manecita blanca y rosa pendía la suerte de millones de seres humanos, y daba órdenes a cientos de criados semejantes, desde el punto de vista social, al Chófer. Durante los días que habían precedido a la peste escarlata, el más leve contacto con un ser como el Chófer hubiera sido para ella una mancilla imborrable. Sí, así era la cosa en otros tiempos.

»Recuerdo haber visto cierto día a la señora Goldwyn, la mujer de otro magnate, en el momento en que subía a la plataforma de embarque de su dirigible. Se le cayó una sombrilla. La recogió un criado, que tuvo la mala idea de presentarle directamente a ella el objeto; sí, a ella directamente, a la mujer todopoderosa. Ella retrocedió como si hubiera tenido enfrente a un leproso, e hizo signo a su secretario, que no se separaba de ella, para que tomara la sombrilla y se la entregara. Ordenó además que se le tomara el nombre al audaz criado y que se le despidiera inmediatamente. Vesta Van Warden era una mujer así. Y el Chófer le dio palizas hasta que aceptó ser su sirvienta.

»Bill... Ahora recuerdo su nombre... Bill, el Chófer, era un bribón repulsivo, un ser vil entre los viles, desprovisto de toda clase de cultura y de toda delicadeza con las mujeres. Y a él perteneció la maravilla de las mujeres, Vesta Van Warden. Son estas cosas sutiles que se os escapan, hijos míos. Ya que vosotros también sois pequeños salvajes, y vuestra naturaleza es primitiva. ¡Vesta para aquel hombre! Era escandaloso...

»¿Por qué, me pregunto, no me tocaría a mí en suerte? A mí me hubiera convenido perfectamente. Yo era un hombre culto, educado y honorable, profesor de una universidad importante. Ya os lo he dicho: no hay justicia en la tierra.

»En el tiempo de su grandeza, Vesta se encontraba tan por encima de mí que ni siquiera se hubiera dignado a observar mi existencia. Pero después de la peste escarlata yo hubiera sido para ella un gran partido. ¡Y, en vez de eso, ved en qué abismo de degradación cayó! Y ella me hubiera amado; sí, me hubiera amado; sí, me hubiera amado, estoy seguro.

»Lo estoy, porque ese espantoso cataclismo que nos reunió me permitió conocerla de cerca, interrogar sus hermosos ojos, conversar con ella, tomar sus manos en las mías, amarla y saber que ella también sentía por mí los más tiernos sentimientos. Me prefería al Chófer, esto estaba claro. ¿Por qué la peste, que había destruido a tantos millones de hombres, había perdonado precisamente a aquel?

»Cierta tarde, mientras el Chófer estaba ausente, pescando, habiéndome quedado yo solo con ella, me suplicó que lo matara. Me lo rogó, con lágrimas en los ojos. Pero el miserable era fuerte y temible, y yo no me atreví a intentarlo. Al cabo de unos días le ofrecí mi caballo, mi póney y mis perros si consentía en cederme a Vesta. Se rio en mis narices y se negó a ello con insolencia. Me contestó que, en los viejos tiempos, él había sido un criado, fango que pisaban los hombres como yo y las mujeres como ella. Ahora las cosas se habían invertido. Él era propietario de la mujer más hermosa del mundo, que le preparaba la comida y cuidaba de los hijos que le había dado.

»“¡Tú tuviste tu hora, amigo! —me dijo—. Hoy tengo yo la mía. ¡Te aseguro que no me disgusta en absoluto! El pasado acabó, acabó de veras; y no tengo ninguna intención de volver a él”.

»Así fue como me habló. Aunque no con esas mismas palabras, ya que era un hombre terriblemente vulgar, y era incapaz de decir nada sin proferir espantosos juramentos. Añadió que si me sorprendía guiñándole el ojo a su mujer, me retorcería el pescuezo, y que a ella la golpearía hasta dejarla lisiada. ¿Qué podía hacer yo? Yo tenía miedo, porque él era más fuerte.

»La misma noche del día en que descubrí el campamento del Chófer, Vesta y yo tuvimos una larga conversación acerca de muchísimas cosas queridas del viejo mundo desaparecido. Hablamos de libros y de poesías. El Chófer nos escuchaba, haciendo muecas y soltando risitas. Le aburría o irritaba oír hablar de cosas que ignoraba o era incapaz de comprender.

»Acabó por interrumpirnos y dijo: “Te presento, profesor Smith, a Vesta Van Warden, que en otros tiempos fue la mujer de Van Warden el magnate. Aquella belleza arrogante y regia es ahora mi *squaw*. Delante de ti va a quitarme los mocasines. ¡Mujer! ¡Aprisa! Enseña al señor Smith qué bien que te he amaestrado”.

»Vi que a la desdichada le rechinaban los dientes y que un rubor de rabia le subía al rostro.

»El Chófer se arremangó y alzó su puño nudoso, disponiéndose a golpear. Tuve miedo y me puse de pie, para alejarme y no presenciar aquello. Pero el verdugo se echó a reír y me amenazó también a mí de una paliza en toda la regla si no me quedaba para admirar el espectáculo.

»Obligado por la fuerza, me quedé pues junto a la hoguera del campamento, y vi a Vesta Van Warden arrodillarse delante de aquella bestia humana, gesticulante y peluda, y quitarle al gorila, uno tras otro, los dos mocasines.

»No, no, hijitos, vosotros no podéis comprender esto, porque estáis envueltos por el salvajismo y no habéis conocido nada del pasado...

»El Chófer parecía comérsela con los ojos mientras ella se afanaba en aquella tarea inmunda.

»"Esta mujer —dijo el Chófer— está domada a látigo y brida, profesor Smith. A veces es un poco tozuda. Pero un buen puñetazo o una bofetada bien aplicada en la mejilla la ponen enseguida tan sumisa y dulce como un corderito".

»Cierto día, el Chófer me habló de este modo: "Aquí hay que hacerlo todo, profesor. Nos toca a nosotros multiplicar y repoblar la tierra. Tú no tienes mujer, y yo no tengo ninguna intención de prestarte la mía. Esto no es el paraíso terrenal. Pero soy un buen tipo. ¡Escúchame, profesor Smith!".

»Me mostró con el dedo al último retoño, que apenas tenía un año. "Es chica —prosiguió—. Te la doy por mujer. Sólo que tendrás que esperar a que haya crecido un poco. Buena idea, ¿no te parece? Aquí todos somos iguales, y, si hubiera una jerarquía, sería yo el sapo más fuerte de toda la charca. Pero yo no soy un tipo intratable, ¡oh, no! Así pues, profesor Smith, te hago el honor, el grandísimo honor, de darte por prometida a mi hija, hija de Vesta Van Warden... De todos modos, es una lástima, ¿no te parece?, que Van Warden no esté aquí, en un rincón, para presenciarlo".

»Permanecí, angustiadísimo, durante cosa de un mes en el campamento del Chófer. Me quedé allí hasta el día en que, cansado sin duda de verme, y cansado de la mala influencia que a su juicio yo ejercía sobre Vesta, consideró oportuno prescindir de mí.

»Con este objeto, me contó, como el que no quiere la cosa, que, el año anterior, mientras vagaba por las colinas de Contra Costa, había percibido humo de una hoguera.

»Tuve un sobresalto. ¡Aquello significaba que, por aquella parte, existían otras criaturas humanas! ¡Y, durante un mes entero, me había ocultado aquella noticia preciosa, invalorable!

»Me puse en camino enseguida, con mis dos perros y mis dos caballos, a través de las colinas de Contra Costa, dirigiéndome hacia los estrechos de Carquínez.

»Desde la cima de las colinas no vi ningún humo. Pero en cambio, en la base, en Puesto Costa, descubrí un barquito de acero amarrado a la orilla. Embarqué en él con mis animales. Un trozo de tela que encontré casualmente me sirvió de vela, y una brisa del sur me empujó hacia las ruinas de Vallejo.

»Allí, en los alrededores de la ciudad, encontré los rastros indudables de un campamento recientemente abandonado. Numerosas conchas de venera me explicaron por qué aquellos que las habían dejado tras ellos habían llegado desde los estrechos.

»Se trataba, como supe posteriormente, de la tribu de los Santa Rosa, y seguí sus huellas por el antiguo sendero que seguía la vía del ferrocarril, a través de las marismas que se extienden hasta el valle de Sonoma.

»Descubrí el campamento de los Santa Rosa en la vieja fábrica de ladrillos de Glen Ellen. Eran en total dieciocho personas. Dos eran viejos: un tal Jones, exbanquero, y un Harrison, usurero retirado, que había tomado por mujer a la exintendenta del manicomio de Napa, a la que había encontrado. Esa mujer era la única sobreviviente entre todos los habitantes de la ciudad de Napa y de las pequeñas ciudades y los pueblos de aquel populoso valle.

»Luego, había tres hombres jóvenes: Gardiff y Holey, antiguos granjeros, y Waingwright, un hombre del vulgo, exjornalero.

»Los tres mientras erraban habían encontrado mujer. Holey, un bruto analfabeto, había dado con la señora Isadora, que era, junto con Vesta Van Warden, la más hermosa entre las mujeres de California que habían escapado de la peste escarlata. Era una cantante admirable, universalmente célebre, y se encontraba de gira en San Francisco cuando estalló el azote. Me contó durante horas y horas su aventura hasta que fue recogida, y sin duda salvada de la muerte, por Holey en el bosque de Mendocino. Se convirtió, y pocas alternativas tenía a ello, en la mujer de aquel hombre que, bajo su exterior y a pesar de su ignorancia, era honrado y bueno. Así que Isadora era mucho más feliz con él que Vesta Van Warden con el Chófer.

»Las mujeres de Gardiff y de Waingwright eran muchachas del pueblo, robustas y de sólido armazón, acostumbradas a los trabajos manuales; eran justo el tipo adecuado para la nueva existencia que vivían.

»Añadid, para completar el total, a dos idiotas escapados del manicomio de Napa, a seis niños, nacidos después de la formación de la colonia, y finalmente a Bertha.

»Bertha era una buena mujer, una gran mujer, Cara de Liebre, pese a los sarcasmos con que tu padre la abrumaba incesantemente. La tomé por mujer, y no me arrepentí. Fue vuestra abuela, Edwin y Cara de Liebre, y también la tuya, Hu-Hu. Tu abuela materna, Cara de Liebre, ya que tu padre, que era el primogénito de Vesta Van Warden y el Chófer, se casó con Vera, nuestra hija mayor.

»Me convertí, pues, en el decimonoveno miembro de la tribu de los Santa Rosa. La tribu aumentó después de mí, con otros dos miembros. El primero fue Mongerson. Era descendiente de los magnates. Ya os había hablado de él. Tras haber huido del avión, vagó durante ocho años por las soledades de la Columbia británica, antes de dirigirse hacia el sur y encontrarnos. Esperó doce años hasta que Mary, mi segunda hija, fue núbil y pudieron casarse.

»El segundo fue Johnson, que fundó la tribu de Utah, un país muy lejano de este, más allá de los grandes desiertos, hacia el este. No llegó a California sino veintisiete años después de la peste escarlata.

»En todo el país de Utah, nos dijo, no habían quedado, que él supiera, más que tres supervivientes. Los tres eran varones. Durante muchos años, aquellos tres hombres cazaron y vivieron juntos hasta que, por fin, cansados de la soledad y deseosos de procrearse, para que la raza humana no desapareciera de nuestro planeta, se encaminaron hacia el oeste, con la esperanza de encontrar mujeres vivas en California.

»Johnson fue el único que salió indemne del gran desierto, en el que murieron sus dos compañeros. Tenía cuarenta y seis años cuando se unió a nosotros. Se casó con la tercera hija de Holey e Isadora, y su hijo mayor se casó con tu tía, Cara de Liebre, que era la tercera hija del Chófer y Vesta Van Warden.

»Johnson era un hombre rebosante de fuerza y de iniciativa. Se separó de los Santa Rosa para montar su propio grupo y formó, en San José, una nueva tribu, la de los Utah. Es todavía una tribu muy pequeña, de sólo siete miembros. Johnson ha muerto ya; pero sus descendientes han heredado su inteligencia y su energía. No cabe duda de que ellos y sus descendientes se verán llamados a desempeñar un papel importante en la recivilización del universo.

»Aparte de estas tres tribus, no conozco más que otros dos asentamiento humanos: la tribu de Los Angelitos y la de Los Carmelitos. Esta última fue fundada por un hombre llamado López, descendiente de los antiguos mexicanos, que tenían la piel muy oscura, y que había sido vaquero de rancho, y por una mujer que había sido sirvienta en el Gran Hotel del Monte. No nos topamos con ellos sino al cabo de siete años, en cierta ocasión en que había venido a explorar esta región. Vivían mucho más al sur, en un hermoso país donde hace mucho calor.

»No creo, hijos míos, que la Tierra tenga hoy más de trescientos o cuatrocientos habitantes. Desde que Johnson cruzó el gran desierto, procedente de Utah, no nos ha llegado ningún signo de vida, ni del este ni de ninguna parte.

»Ha desaparecido el mundo magnífico y poderoso que yo conocí en los días de mi infancia y de mi juventud. Ha quedado aniquilado. Hoy, soy el último superviviente de la peste escarlata, y solamente yo conozco las maravillas del lejano pasado. El hombre, que fue en otros tiempos dueño del planeta, dueño de la tierra, el mar y el cielo, el hombre, que fue un verdadero Dios, ha vuelto a su primitivo estado de salvajismo y busca su subsistencia siguiendo los cursos del agua.

»Pero se multiplica aprisa. Tu hermana, Cara de Liebre, tiene ya cuatro hijos. Estamos preparando un nuevo salto hacia la civilización. El objetivo está lejos, sin duda, incluso lejísimo, pero se alcanzará ineluctablemente. Dentro de un centenar de generaciones, nuestros descendientes, demasiado numerosos en nuestra tierra, cruzarán las sierras, y, generación tras generación, se extenderán hacia el este por el gran continente americano.

»Pasará mucho tiempo de aquí a entonces. Hemos caído muy bajo. ¡Ojalá hubiera sobrevivido algún científico, algún físico o químico! ¡Qué preciosa ayuda sería para nosotros! Pero no fue así, y hemos olvidado toda la ciencia.

»El Chófer había empezado a trabajar nuevamente el hierro. Él fue el que construyó la fragua que hoy utilizamos. Mas, por desgracia, era un perezoso que limitó ahí sus esfuerzos, y que, a su muerte, se llevó consigo todo lo que sabía de mecánica y del arte de trabajar los metales. Yo no entendía nada de esas cosas. Yo era un hombre de letras, nada más; un humanista. Y los demás supervivientes carecían de toda instrucción. El Chófer había logrado otras dos operaciones, que conocemos gracias a él: la fabricación por medio de fermentación del alcohol y las bebidas fuertes, y el cultivo del tabaco. Se valía de estos conocimientos para emborracharse, y fue en ese acceso de embriaguez que mató a Vesta Van Warden. Estoy completamente convencido de esto, aunque él siempre afirmó que su mujer se había ahogado al caer en el lago Temescal.

»Y ahora, queridos hijitos, permitidme que os dé algunos consejos. Os irá bien, ¿sí? Les sacáis provecho para vuestras vidas.

»Ante todo, desconfiad de los charlatanes y de los brujos que se llaman a sí mismos médicos. Es gente extremadamente peligrosa, que envilece y deshonra, en nuestro pequeño mundo, una profesión que en otros tiempos era la más noble de todas.

»Veo a mi alrededor que la superstición, en sus manos, consigue día a día nuevos progresos. Y este mal irá empeorando, porque el hombre está muy degradado. Estos falsos médicos son, os aseguro, unos malditos ladrones, unos maleantes infernales que sólo tienen un objetivo: atraparos en su poder y sacaros todo lo que poseéis.

»Fijaos, por ejemplo, en ese joven de ojos desiguales, que conocemos con el nombre del Bizco. Vende a todo el mundo encantamientos y sortilegios contra las enfermedades, y no vuelve nunca vacío de sus expediciones. Llega incluso al extremo de prometer el buen tiempo a cambio de buena carne y buenas pieles. A los que se permiten contradecirle y proclamarse abiertamente enemigos suyos, les manda lo que él llama «bastón de la muerte».

»Yo, que fui el profesor Smith, James Howard Smith, declaro que se vanagloria y miente descaradamente. Se lo he dicho en plena cara. ¿Por qué, como castigo, no me ha enviado el bastón de la muerte? Porque sabe perfectamente que conmigo no valen sus payasadas. Pero tú, Cara de Liebre, te has hundido tanto en la superstición que si esta noche te despertaras y encontraras a tu lado el bastón de la muerte morirías sin lugar a duda, y morirías no porque ese bastón tenga poder alguno, sino porque no eres sino un pequeño salvaje, de espíritu crédulo y sumido en las tinieblas.

»Es preciso destruir a todos estos explotadores de la credibilidad pública, y también es preciso reencontrar esos inventos útiles que hemos perdido. Por esto, para ayudaros en esa tarea, he de deciros ciertas cosas que vosotros repetiréis a vuestra vez a vuestros hijos cuando los tengáis.

»Deberéis repetirles que el agua, cuando se calienta al fuego, se transforma en una sustancia maravillosa que se llama vapor; que ese vapor es más fuerte y poderoso que diez mil hombres juntos, y que, si se maneja y se orienta adecuadamente, puede realizar todas las tareas del hombre.

»Hay todavía cosas que es muy útil conocer. La electricidad, que producen en el cielo los relámpagos, es también una servidora del hombre. En otros tiempos fue su esclava, y algún día volverá a serlo.

»El alfabeto es una invención muy distinta, pero no menos preciosa. El conocerlo me permite leer los libros y comprender el significado de multitud de pequeños signos que están impresos en ellos, mientras que vosotros, mis pobres hijitos salvajes, no conocéis otra cosa que la escritura grosera de las imágenes simbólicas que representan los diversos objetos.

»En la gruta de la colina del telégrafo, que es muy seca y que conocéis muy bien, y hacia la cual me veis ir muy a menudo, en la cima del acantilado, he reunido muchos libros que he encontrado y que contienen la sabiduría de la humanidad. He colocado allí también un alfabeto, con una clave explicativa, que permite leer y comprender su relación con la escritura de las imágenes. Llegará el día en que los hombres, menos absortos en las necesidades de su vida material, aprendan de nuevo a leer. Entonces, si ningún accidente ha destruido mi gruta y su contenido, sabrán que el profesor James Howard Smith vivió en otro tiempo y salvó para ellos el legado espiritual de los antiguos.

»Otra cosa que el hombre futuro encontrará sin duda, estoy seguro de ello, será la fórmula de hacer pólvora para los fusiles. Es ese polvo negruzco que en otro tiempo permitía matar a larga distancia. Ciertas materias que se obtienen de la tierra, mezcladas en las proporciones adecuadas, producen pólvora de fusil. Esto queda explicado en mis libros. Pero yo soy demasiado viejo, y, por lo demás, me faltan los utensilios necesarios para conseguir esa fabricación. Lo lamento, ya que mi primer disparo sería para librar al mundo del Bizco, de ese charlatán que hace que florezca ya la superstición, y empieza a envenenar con ella a la humanidad que renace.

Hu-Hu protestó:

—El bizco —dijo— es un gran sabio. Cuando yo sea hombre, iré a verle. Le daré todas mis cabras, toda la carne y todas las pieles que podré conseguir, y le pediré que me enseñe sus secretos y a ser un médico como él. Entonces seré temido y respetado, como lo es él. Todo el mundo caerá a mis pies, con la cara en el fango.

El anciano meneó gravemente la cabeza, y murmuró:

—Es extraño oír las mismas ideas absurdas y obstinadas que formulaban los hombres de otro tiempo en boca de un joven salvaje, sucio y vestido con pieles de animales. El universo ha sido aniquilado, conmocionado hasta su destrucción; pero el hombre sigue siendo el mismo...

Cara de Liebre intervino en la discusión, hizo objeto a Hu-Hu de una severa reprimenda.

—¡Cuidado con engañarme, te lo advierto! —dijo—. Si algún día te pago para que envíes el bastón de la muerte y la cosa no funciona, te romperé la cabeza, Hu-Hu. ¡Sí, te romperé la cabeza! ¿Lo has entendido?

—Yo —dijo Edwin, suavemente— quiero no olvidar nunca lo que el abuelo nos ha dicho de la pólvora de fusil. Cuando haya encontrado el modo de hacerla, yo seré el que los lleve a los dos a donde quiera. Tú, Cara de Liebre, cazarás para mí y me entregarás la carne. Y tú, Hu-Hu, cuando sea médico, enviarás el bastón de la muerte a quien yo diga, y todos me temerán. Si Cara de Liebre trata de romperte la cabeza, tendrá que vérselas conmigo, y yo te mataré con mi pólvora. El abuelo no es tan tonto como creéis. Yo aprovecharé sus lecciones y os dominaré a todos.

El anciano meneó tristemente la cabeza.

—Volverá a empezar la misma historia —dijo, hablándose a sí mismo—. Los hombres se multiplicarán, luego lucharán unos contra otros. Cuando hayan redescubierto la pólvora, se matarán a miles y luego a millones. Y así, por medio del fuego y de la sangre, se formará una nueva civilización. Quizás para llegar a su apogeo necesitará veinte, cuarenta, cincuenta mil años. Reaparecerán por sí solos los tres tipos eternos de dominación: el sacerdote, el soldado y el rey. La sabiduría de los tiempos pasados, que será la de los siglos futuros, ha sido expresada por boca de estos niños. La gran masa trabajará duramente como en el pasado, y, sobre un amontonamiento de carroñas sanguinolentas, crecerá la sorprendente y maravillosa belleza de la civilización. Aunque yo destruyera todos los libros de mi gruta, el resultado sería el mismo. ¡No por ellos la historia del mundo dejaría de reanudar su curso eterno!

Cara de Liebre se puso de pie. Miró el sol, que estaba ya muy bajo, y arrojó un vistazo a sus cabras, que seguían comiendo apaciblemente su hierba.

—El viejo nos fastidia, no para de refunfuñar. Está chocho. Ya es hora de volver al campamento.

Con la ayuda de Hu-Hu y de los perros, Cara de Liebre reunió sus cabras y las condujo, por la pista de las vías del ferrocarril, hacia el profundo bosque en donde se perdió de vista.

Edwin, con el rabo de cerdo en la oreja, se había quedado solo con el abuelo, que seguía hablándose a sí mismo. Edwin observaba divertido un pequeño grupo de caballos salvajes que habían venido a juguetear en la arena de la playa. Había como una veintena, caballitos jóvenes en su mayor parte, y varias yeguas, guiadas por un soberbio semental. La ardiente bestia se erguía frente al mar, en la espuma de la rompiente, con el cuello tenso y la cabeza alerta, brillándole los ojos con resplandor salvaje y olfateando el aire salado.

—¿Qué es eso? —preguntó el viejo, saliendo por fin de su ensimismamiento.

—Caballos —contestó Edwin—. Es la primera vez que los veo llegar hasta aquí. Los leones de las montañas, que son cada día más numerosos, los empujan hacia el mar.

El sol estaba a punto de desaparecer detrás del horizonte. En el cielo donde rodaban gruesas nubes, su disco llameante disparaba en abanico sus rayos rojos. Más allá de las dunas de la orilla pálida y desolada, donde relinchaban los caballos y venían a morir las olas, los leones marinos seguían arrastrándose en las negras rocas marinas, o retozaban entre las olas, emitiendo mugidos de batalla o de amor. El viejo canto de las primeras edades del mundo.

—Ven, abuelo —dijo Edwin, tirando al viejo del brazo.

Y las dos siluetas hirsutas, vestidas de pieles, volvieron la espalda al mar y siguieron el camino de las cabras, hacia el bosque, por la pista de la vía férrea.

Jack London

(1876-1916)

Jack London nació en San Francisco, el 12 de enero de 1876. Novelista y cuentista, se caracterizan sus narraciones por enfrentar al ser humano a su subsistencia, combinando en ellas el género de aventuras con un potente realismo. Los postulados de la lucha por la vida y de la supervivencia del más fuerte impregnan su producción literaria.

En lo que respecta a su nacimiento, la paternidad de London se atribuye al astrólogo William Chaney, aunque no ha podido corroborarse que este fuera el marido legal de su madre. Durante su infancia se proveyó su propia educación, acudiendo a la biblioteca pública de su ciudad para leer. Tras desarrollar durante algún tiempo empleos que requerían gran trabajo físico, terminó llevando una vida de vagabundo, que ocasionó que en 1894 pasara treinta días encarcelado. También tuvo experiencias como marinero. En 1896 consiguió acceder a la Universidad de California, pero hubo de abandonar sus estudios al año siguiente debido a sus problemas financieros. En esta época se convirtió además en socialista.

En 1897, con 21 años, emprende junto con su cuñado un viaje a Alaska en busca de oro; desarrolla entonces escorbuto y no logra sus propósitos económicos. Por ello, regresa a Oakland en 1898 decidido a hacer de la literatura su fuente de ingresos. Inspirado por sus múltiples experiencias vitales, comienza a vender y publicar sus historias. En esta época, su colección de relatos *El hijo del lobo* (1900) y obras como *La llamada de la selva* (1903) le proporcionaron un éxito inmediato.

Se casaría con Bess Maddern en 1900, aunque su matrimonio se disolvería cuatro años después. Algunas de sus obras más relevantes datan de este periodo, entre ellas *Colmillo blanco* (1906) y la distopía *El talón de hierro* (1908). En 1910 adquirió un rancho en California destinado a su explotación comercial, viéndose obligado a escribir obras literarias con rapidez, y por tanto con menor calidad, para sufragar los gastos que su mantenimiento generaba; sin embargo, este proyecto resultó un fracaso. En 1916 fallecería a causa de una uremia, pese a que durante años se especuló que el motivo de su muerte había sido el suicidio.

Este libro se terminó de editar en Granada
en abril de 2024 por

Aliarediciones

www.aliarediciones.es
info@aliarediciones.es